Nächte im Tunnel

© Merlijn Doomernik

Anna Woltz wurde 1981 in London geboren und wuchs in Den Haag auf. Sie studierte Geschichte in Leiden und arbeitet seither als Autorin und Journalistin. In den Niederlanden und Deutschland sind ihre Bücher bereits vielfach ausgezeichnet worden, u.a. mit dem Katholischen Kinder- und Jugendbuchpreis, dem Luchs des Monats, dem Silbernen und Goldenen Griffel. Sie hat inzwischen acht Bücher bei Carlsen veröffentlicht.

ANNA WOLTZ

Nächte im Tunnel

Aus dem Niederländischen von Andrea Kluitmann

CARLSEN

Von Anna Woltz im Carlsen Verlag erschienen:
Für immer Alaska
Gips oder Wie ich an einem einzigen Tag die Welt reparierte
Haifischzähne
Heute kommt Jule
Hundert Stunden Nacht
Meine wunderbar seltsame Woche mit Tess
Sonntag, Montag, Sternentag

Die Arbeit der Übersetzerin am vorliegenden Text wurde vom Deutschen Übersetzerfonds gefördert.

FSC
www.fsc.org
MIX
Papier aus verantwortungsvollen Quellen
FSC® C014496

Wir produzieren nachhaltig
- Klimaneutrales Produkt
- Papiere aus nachhaltigen und kontrollierten Quellen
- Hergestellt in Europa

Originalverlag: Em. Querido's Uitgeverij, Amsterdam
Originaltitel: De tunnel
Aus dem Niederländischen von Andrea Kluitmann
Lektorat: Katja Maatsch
Umschlaggestaltung und -typographie: formlabor unter Verwendung von Bildern von shutterstock.com: © Suteren; © Keith Tarrier; © Gudvin Illya
Herstellung: Karen Kollmetz
Satz: Dörlemann Satz, Lemförde
ISBN: 978-3-551-58474-8

ZUERST DAS

Wir sind jetzt zu dritt.

Wir waren zu viert, aber einer von uns wird sterben. Besser, du weißt das. Jetzt schon, bevor ich anfange.

Einer von uns stirbt, aber darum geht es nicht. Es änderte alles, das schon. Aber es geht darum, dass drei von uns weiterleben.

Wir drei haben alles überstanden. Die Bomben, die Brände, die Nächte. Wir sind noch da.

Unser Leben fängt gerade erst an.

Wir waren zu viert, aber oft hätten wir genauso gut allein sein können.

Wenn du Nacht für Nacht im Dunkeln wartest, die knallharten Eisenrippen des Tunnels im Rücken, während über deinem Kopf die Welt zusammengeschlagen wird, was bringen dir dann andere Menschen?

Manchmal gar nichts.

Aber manchmal hilft es.

Wir waren zu viert, und das half.

I

Auf der anderen Straßenseite steht ein Junge. Er lehnt an der Mauer, die Hände in die Hosentaschen geschoben. Die Ärmel von seinem verschlissenen Hemd sind aufgerollt, seine Arme mit schwarzen Schmutzstreifen überzogen.

Er schaut zu mir.

Ich stehe in der Schlange zwischen zweihundert anderen Menschen und trotzdem bin ich mir sicher: Er schaut zu mir.

Er ist zu jung, um Soldat zu sein, aber zu alt für einen Schuljungen. Seine Hose ist dreckig, seine braunen Haare sind zu lang und fallen ihm vor die Augen.

Jetzt schaut er zu Robbie, der neben mir steht. Wir tun, als würde ich auf meinen kleinen Bruder aufpassen, aber wir wissen beide, dass es umgekehrt ist: Robbie passt auf mich auf.

Während ich ein Jahr lang im Bett lag, war Robbie draußen. Er kennt jeden Markthändler, jeden Straßenhund und jede Gasse.

Plötzlich pfeift der Junge. Ein kurzer, herrischer Pfiff. Robbie schaut auf und der Junge winkt ihn herbei.

»Bleib hier«, flüstere ich.

Aber mein Bruder geht sofort los. Er hat ein Jahr warten müssen, bis der Krieg wirklich anfing, und jetzt ist es endlich so weit. Jede Nacht fallen Bomben. Überall in London sieht man riesige Brände und zerstörte Häuser und vielleicht auch Tote. Und was machen wir? Wir stehen schon über vier Stunden in der Schlange mit einem Karren voller Kissen und Decken.

»Du gehst nicht zu ihm!«, zische ich, aber da überquert Robbie schon die Straße.

Ich bleibe zurück. Ganz allein zwischen all den anderen Menschen. Ich habe nächtelang nicht geschlafen und die Welt scheint aus Glas zu sein. Eine einzige falsche Bewegung und alles bricht zusammen.

Reglos und stumm stehe ich da. Ich trage eine Strickjacke über meinem Sommerkleid, meine Beine sind kalt. Die Luft riecht nach Brand.

Zeitungen dürfen nichts über die Bombardements schreiben, denn Hitler liest mit. Wohnt man allerdings ein paar Meilen vom Hafen entfernt, braucht man keine Zeitungen. Jeden Abend sieht es aus, als würde die Sonne an der falschen Seite untergehen. Die gesamte Nacht über glüht der östliche Himmel in feurigem Orange.

Wir wissen es alle: Der Hafen brennt. Und man riecht genau, welches Lagerhaus gerade dran ist: Schiffsladungen voller Pfefferkörner, die um die halbe Welt gefahren sind, um hier in Flammen aufzugehen. Sirup. Tee. Rum.

An der gegenüberliegenden Straßenseite sehe ich den Jungen auf mich zeigen. Robbie fängt an zu lachen. Ganz kurz denke ich an die Möglichkeit, dass er fragt, ob Robbie ein Date für ihn regeln kann.

Und dann kommt mein Bruder aufgeregt zurückgerannt. Fast

wird er von einem Doppeldecker überfahren, ein Löschwagen voller Feuerwehrmänner hupt lange und laut, aber Robbie ist das völlig egal.

»Ella, dieser Typ da braucht dich!«

Um uns herum wird es still. In der Schlange stehen fast nur Frauen und ein paar Kinder, hier und dort ein alter Mann mit krummem Rücken und wenigen Zähnen.

Wir können natürlich nicht weg von hier, dann ist unser Platz futsch. Vergeben. Robbie zieht mich ein wenig zur Seite, ich beuge mich vor. Ich habe keine Ahnung, was man bei so einem Date macht. Und mein blaues Kleid mit den Gänseblümchen ist zu kurz. Da muss ich erst den Saum auslassen.

»Dieser Typ hat dein Bein gesehen«, sagt Robbie leise. »Und er hat gesehen, wie blass du bist und wie schlecht du aussiehst.« Er mustert mein Gesicht. »Ja, tut mir leid, aber das hat er nun mal gesagt! Hätte ich ihm eine runterhauen sollen?«

Ich seufze. »Nein, alles gut. Erzähl nur weiter.«

»Also, er heißt Jay, und er ist schon sechzehn. Und er hat einen Plan. Wenn wir dem Wärter sagen, du könntest wirklich nicht so lange anstehen, dann dürfen wir vor. Dann können wir jetzt schon rein und als Erste unsere Decken hinlegen!«

Mir wird schwindlig, aber das passiert mir öfter.

»Aber das Beste kommt noch«, flüstert Robbie. Er strahlt, und ich wollte, ich wäre auch neun. Und könnte durch die Straßen rennen und wäre glücklich, wenn ich ein paar von unseren *Spitfires* über die Stadt fliegen sehe. »Jay sagt also, wir könnten total viel Geld verdienen. Es gibt immer Leute, die später kommen. Die müssen arbeiten, und wenn sie dann endlich hier sind, ist schon alles voll. Aber wenn wir jetzt ein paar zusätzliche

Decken hinlegen, können wir diese Plätze nachher für viel Geld verkaufen!«

»Echt jetzt?«, frage ich. »Dieser Kerl will Geld verlangen für einen sicheren Platz?«

Robbie nickt. »Das hat er gestern auch gemacht, er weiß, wie's geht. Wenn dein Bein uns jetzt schon reinbringt, dann teilen wir uns nachher den Gewinn. Das hat er gesagt!«

Ich atme tief ein.

Jeden Moment kann der Luftalarm wieder losgehen. Alle sind ständig auf der Hut. Man sieht, dass die Leute sich zusammenreißen, aber ganz London fühlt sich an wie eine UXB. Seit einer Woche weiß ich, was das ist.

Eine *unexploded bomb.*

»Und?«, fragt Robbie.

Ich räuspere mich. »Nein.«

»Aber …«

»Kommt überhaupt nicht infrage.«

Plötzlich setzt sich die Schlange in Bewegung. Das Gitter des U-Bahnhofs öffnet sich. Endlich dürfen wir rein.

Schnell klauben alle ihre Bündel mit Decken und Kissen zusammen, die Taschen mit Sandwiches und Thermoskannen, die Kinderwagen voller Gepäck. Alle warten, bis sie an der Reihe sind, aber man spürt, dass sie am liebsten die Treppen runterstürmen würden. Weg aus der Sonne und von den offenen Straßen, hinein in die Tiefe.

Ich weiß, dass Jay noch immer da steht und schaut, aber trotzdem muss ich jetzt das ganze lange Stück zum Eingang hinken. Mein Körper ist steif von den vielen Stunden anstehen, hinter mir spüre ich die drängenden Menschen.

Ich gehe los.

Mein linkes Bein ist träger als der Rest. Bei jedem Schritt muss ich meinen Fuß hinter mir herziehen. Die Ärzte sagen, ich hätte unglaublich viel Glück gehabt. Ich brauche keine Krücken oder so was, nur Spezialschuhe.

UXB, denke ich, und es fühlt sich an wie ein Fluch.

Was für ein unglaubliches Glück soll das sein?

Ich bin vierzehn. Wie viele Spezialschuhe werde ich noch brauchen?

Neben mir schiebt Robbie den Karren mit unserem Gepäck, und alles an ihm schaut empört. Seine störrischen Zottelhaare, die aufgeschlagenen Knie, seine kurze Hose mit den Hosenträgern.

»Ich finde das so unfair.« Er zieht die Nase hoch. »Ich habe schon fast genug für ein neues Flugzeug. Jay sagt, er hätte gestern sieben Shilling verdient. Das ist mächtig viel Geld!«

Ich greife nach seinem Arm.

»Kapierst du das denn nicht?«, flüstere ich.

»Ich kapiere mehr als du«, flüstert er sofort zurück.

Ich schüttele den Kopf. »Wenn wir den Krieg verlieren, dann liegt das an solchen Gaunern wie Jay. Stell dir das doch nur mal vor! Leute, die den ganzen Tag hart gearbeitet haben, die müssen für einen Platz hier unten bezahlen? Während so ein Typ hier ewig herumlungert?«

»Warum arbeitet er denn nicht?«

»Gute Frage«, sage ich. »Genau das meine ich.«

Bevor wir runtergehen in die Liverpool Street Station, werfe ich einen letzten Blick zurück. Zu den schwarzen Taxis und den Gruppen von Soldaten und dem *Pub* mit den Sandsäcken davor. Es ist vier Uhr nachmittags. Wir kommen erst morgen früh wieder nach draußen. Ich habe keine Ahnung, ob die Stadt dann noch da ist.

Und dann höre ich neben mir eine muntere Stimme. »Soll ich mal kurz helfen mit dem Karren?«

Ich drehe mich um.

Es ist Jay.

2

Er ist einen Kopf größer als ich. Seine Arme sind muskulös, seine Augen haben dieselbe Farbe wie die Sperrballons über unseren Köpfen. Diese silbergrünen Riesen schweben über ganz London, mit schweren Kabeln an den Boden gekettet.

Den ganzen Sommer lang schauten wir zufrieden zu den kolossalen Ballons am Himmel. Es fühlte sich an, als hätte jedes Viertel sein eigenes Haustier; die braven Tiere über unseren Köpfen würden uns gegen die Flugzeuge beschützen.

Aber die neuesten Bombenwerfer fliegen höher als die höchsten Ballons.

»Lass uns in Ruhe«, sage ich zu Jay.

Die Leute hinter uns drängeln. Es sind sicherlich hundert, und weiter hinten in der Schlange sehen sie nicht, dass wir hier zum Stillstand gekommen sind. Ich schaue zu der steilen Treppe und weiß, dass ich Robbie mit unserem Karren nicht helfen kann. Und außer Jay sind alle so schwer bepackt, wie es nur geht.

Jede Familie schickt einen Kundschafter vor: einen nutzlosen Opa oder eine Tante oder ein Hinkebein, das nichts Besseres zu tun hat, die anderen kommen später.

»Das ist aber nett von dir«, sagt Jay, als er den Karren vorn anhebt. »Das sagt man, wenn jemand einem Hilfe anbietet.«

Auf seiner Wange klebt getrocknetes Blut. Er grinst mich an, weil es ihm jetzt also doch gelingt. Er hat keine einzige Sekunde Schlange gestanden. Und trotzdem kommt er in den U-Bahnhof. Niemand sagt was, schließlich hilft er einem verkrüppelten Mädchen und ihrem kleinen Bruder.

Ich beiße die Zähne zusammen. Schritt für Schritt gehe ich die Treppe hinunter. Ich hoffe, dass Jay sich nicht umschaut, und gleichzeitig finde ich mich total lächerlich. Warum ist mir nicht schnurzpiepegal, ob er mein Gesicht sieht? Was macht es aus, wenn er weiß, dass ich Schmerzen habe?

Unten in der Halle stehen lange Schlangen vor den Automaten und Schaltern. Ob man nun zu einem anderen U-Bahnhof fährt oder die ganze Nacht hierbleibt, ohne Fahrschein kommt man nirgends hin.

Ich schwanke und Robbie zeigt auf eine schmale Bank an der Wand. »Setz du dich da hin. Ich kaufe die Karten.«

Es ist idiotisch. Nach all den Monaten im Bett fühlt es sich an, als würde sich die Welt schneller drehen als vorher. Leute bewegen sich eiliger, das Licht ist schärfer, Geräusche sind schriller. Ich setze mich auf die Bank und schaue auf meine Hände. Ich bin noch immer in Schwarz-Weiß. Und die Welt ist plötzlich in Farbe.

Erschöpft lehne ich den Kopf gegen die Wand. Sofort denke ich wieder an den Knall.

Vergangene Nacht haben Robbie und ich zehn Stunden lang im Schrank unter der Treppe gehockt. Unsere Mutter passte nicht mehr rein. Sie saß auf dem Boden vor der Schranktür und weigerte sich, ihren Platz mit mir zu tauschen.

Stundenlang sagten wir kein einziges Wort. Die Flakgeschütze knallten überall um uns herum, Flugzeuge brüllten, dumpfe Explosionen dröhnten durch die Stadt.

Und dann war da diese eine Bombe. Ein sirrender Pfeifton schwirrte direkt auf uns zu und ich war mir sicher: Diese Bombe ist für uns. Das war's. Und plötzlich dachte ich: Von mir aus. Komm nur, du Scheißding!

Aber die Bombe war nicht für uns. Sie schlug zwei Straßen weiter ein und die Kinder, die dort genau wie wir zusammengepfercht im Schrank unter der Treppe saßen, wurden heute Morgen tot unter dem Schutt hervorgezogen.

Also sind wir jetzt hier.

Als Robbie mit den Fahrscheinen zurückkommt, gehen wir zusammen zu den Rolltreppen. Jay ist nirgends mehr zu sehen, also brauche ich auch nicht mehr zu schauen, als würde ich mein tragisches Schicksal tapfer tragen. Und auf der Rolltreppe kommen wir ganz gut ohne ihn klar: mit einer Hand halte ich den Karren fest, mit der anderen umklammere ich den Handlauf.

Ich starre zu den Plakaten, die langsam an der Wand neben mir vorbeiziehen. Ein Bild von zwei rotwangigen Kindern, darunter der Satz: *Für Kinder ist es sicherer auf dem Land… lasst sie dort.* Eine Werbung für ein Mittel gegen Kopfweh. Ein Plakat, das Leute nachdrücklich auffordert, ihr eigenes Gemüse anzubauen.

Und dann schaue ich aus Versehen in die Tiefe.

Es ist ein Bild wie aus einem Albtraum. Ohne uns selbst zu bewegen, gleiten wir durch ein riesiges Rohr in die Erde. Unterwegs zu einer Welt aus summendem Metall und elektrischem Licht. Vor einem Jahr war ich hier zum letzten Mal. Nach dem

Krankenhaus traute ich mich nicht mehr, und jetzt weiß ich genau, warum.

Sobald wir unten an der Rolltreppe ankommen, schiebt die Menschenhorde uns weiter durch die weiß gefliesten Gänge. Wir biegen um eine Ecke, danach um eine weitere, und dann befinden wir uns an dem langen, schmalen Bahnsteig der *Central Line.* Daneben verlaufen die Bahngleise, durch die ununterbrochen Strom gejagt wird. Wenn man darauffällt, wird man frittiert.

»Sieh nur!« Robbie klingt, als würde er einen Ausflug machen. »Da an der Wand ist noch ein Platz frei.« Er rennt dorthin und fängt an, Decken vom Karren zu zerren. »Hier kann Papa liegen. Und da Mama, hier ich. Onkel und Tante können hier ... Wo willst du?«

Ich balle die Fäuste.

Ein Jahr lang habe ich grässliche Übungen gemacht und mir die Wangen kaputt gebissen, wenn wieder heiße Kompressen auf meinen Körper gedrückt wurden. Geplant war, dass ich danach fast erwachsen wäre. Dass ich mich auf die Suche nach einem Job machen könnte, heimlich Geschichten schreiben würde, mit Freundinnen zusammen Kriegskekse backen.

Dieses stickige Gleis voll fremder Menschen, die ihre halbe Einrichtung mitschleppen, als wollten sie unter der Erde Vater-Mutter-Kind spielen, war *nicht* geplant. Jede Nacht neben meiner gesamten Familie zu schlafen war auch nicht geplant.

Aber daran lässt sich nichts ändern. Ich setze mich und strecke meine mageren Beine auf der Decke aus. Ein Gleiswächter ruft streng, dass Platz für die Reisenden bleiben muss, weil die Züge noch über Stunden fahren werden.

Neben mir verputzt Robbie ein ganzes Sandwich mit Ei und Margarine, und dann fängt er plötzlich an zu winken. Fünf Decken weiter winkt ein verstaubter kleiner Junge zurück.

»Der ist bei uns in der Schule«, sagt Robbie mit vollem Mund. Er steht auf. »Ich gehe mal zu ihm! Ja, Ella?«

Die Schule ist schon ein Jahr geschlossen und ich bin auf gar keiner Schule mehr, aber er sagt trotzdem einfach »unsere Schule«.

»Um sechs bist du wieder hier!«, rufe ich ihm nach. »Dann kommen die anderen. Und du bleibst hier an diesem Gleis!«

Er schaut sich nicht mehr um und langsam atme ich aus.

Ich bin vollkommen ungeeignet für die Rolle der tapferen Invalidin.

Schnell nehme ich das Heft, das ich heute Morgen tief unten im Karren versteckt habe. Meine Mutter findet, dass Schluss sein muss mit den erfundenen Geschichten. Was bringen einem Wörter, wenn man stattdessen Socken stricken kann?

Aber ich will weg von hier. Das Heft in meinen Händen ist eine Leiter. Es ist ein Seil aus aneinandergeknoteten Laken, ein Luftballon.

Die Decken um mich herum verströmen den Geruch von Mottenkugeln. Ich will nicht mehr hören, wie Züge durch dunkle Tunnel rattern. Ich will nicht von Reisenden gemustert werden, die durch ein Meer von Menschen waten, die schon jetzt ein Versteck vor den Bomben suchen. Vor den Bomben, die erst nachts fallen werden.

Ich will nicht mehr bei jedem Typen, der vorbeigeht, aufschauen, um zu sehen, ob es Jay ist.

Ich nehme meinen Bleistift und fange an zu schreiben.

3

Ich dachte, ich würde meinen eigenen Körper hassen, aber nach dieser ersten Nacht hier unten weiß ich es ganz sicher: Die Körper der anderen sind noch schlimmer.

Da liegen wir. Dreihundert Fremde auf einem grell beleuchteten Bahnsteig. In U-Bahnhöfen ist es immer miefig, aber nach so vielen Stunden mit so vielen Menschen ist die Luft hier zum Schneiden. Ein erstickendes Gemisch aus Schweiß, abgestandenem Brandgeruch, *fish & chips* und Urin.

Wie magere Sardinen in einer kolossalen Büchse liegen wir Seite an Seite auf dem Boden. Unsere Köpfe nah an der Wand, die Füße Richtung Gleise. Wer zuletzt gekommen ist, hat Pech und kann nur noch quer liegen, nah am Rand und an all diesen Füßen.

Ich liege unter einer karierten Decke und unter dem Kopf habe ich eine aufgerollte Weste. Neben mir wird ein kleines Kind in einem aufgeklappten Koffer ins Bett gebracht, etwas dahinter trinkt ein Neugeborenes bei seiner Mutter. Sie sitzt mit halb entblößter Brust mitten auf dem Bahnsteig, aber niemand sagt etwas.

Bis halb elf abends fahren die Züge noch. Aber auch danach ist es keinen Moment still. Die Körper wälzen sich und husten, schnauben und röcheln. Sie kratzen sich so ausgiebig, dass ich mir nach einer Weile sicher bin, auch überall Flöhe zu haben.

Und dann ist da noch meine Familie.

Ich entdecke meine Mutter erst, als ein Schatten auf mein Heft fällt. Sie befeuchtet ihren Finger, beugt sich über mich und wischt etwas von meiner Wange. Schweigend klappe ich mein Heft zu und nehme den Strumpf, der noch gestopft werden muss.

Und jetzt liegen sie also um mich herum. Mein immer gut gelaunter baumlanger Onkel, meine Tante, die kaum was sagt. Mein Vater, der sogar im Schlaf vor Müdigkeit grau aussieht.

Seit den Bombardements hat er jede Nacht als Nachbarschaftswächter gearbeitet. Während alle irgendwo Schutz suchen, geht er durch die Straßen. Er kontrolliert, ob wirklich nirgendwo ein Lichtstrahl aus dem Fenster kommt, er löscht Brandbomben, er ist als Erster bei bombardierten Häusern.

Es könnte sich so sicher anfühlen: Durch die ganze Stadt gehen Menschen, die nachts Wache halten. Bloß ist es mein eigener Vater, der dort zwischen den Bomben herumgeht. Das hier ist seine einzige freie Nacht, morgen muss er wieder los.

Dicht neben mir am Bahnsteig liegt Robbie. Die Knie hochgezogen, seine blonden Zottelhaare glänzend im grellen Licht. Zu Hause teilen wir uns ein Zimmer, und ich dachte, er würde mich ertragen, wie er so vieles erträgt: Läuse, Schuhsohlen mit Löchern, verklumpten Brei oder eben eine große Schwester in seinem Zimmer.

Aber hier hat er sich wortlos wieder neben mich gelegt.

In dieser ersten Nacht schlafe ich keine Sekunde.

Über der Erde fallen Bomben, unter der Erde erfüllt Schnarchen den Raum. Kurz nach Mitternacht fangen zwei Leute an, sich zu küssen. Ich kann ihr Geschmatze deutlich hören und lausche, ohne es zu wollen. Meine Lippen kribbeln und das macht mich wütend, weil ich weiß, wie ich aussehe.

Es sollte verboten werden, Menschen *halb* kaputt zu machen.

Um zehn vor zwei pinkelt ein alter Mann auf die Gleise. Nicht verstohlen in eine Ecke, sondern genau unter der großen Bahnhofsuhr. Meine Stirn ist schweißnass, meine Augen brennen. Ich will schreien, aber das mache ich natürlich nicht. Schreien kostet viel Kraft, das habe ich im Krankenhaus gelernt.

Und dann, nachts um Viertel vor drei, sehe ich Jay wieder.

Er geht über den schmalen Streifen, den wir auf dem Bahnsteig frei lassen müssen. Seine Haare sind zerzaust. Manchmal muss er über einen Arm oder ein schlafendes Bein steigen, einmal bückt er sich, um eine Decke wieder über die Schultern eines kleinen Mädchens zu ziehen.

Und dann erblickt er mich und bleibt stehen.

Gerade erst hat er das fremde Mädchen zugedeckt und ganz kurz habe ich die unsinnige Hoffnung, er könnte besser sehen als die anderen.

Dass er sieht, wer ich früher war.

Dass er mich in Farbe sieht.

Langsam zieht er etwas aus seiner Hosentasche und ich halte die Luft an. Ich weiß nicht, was ich erwarte.

Eine Leiter. Ein Seil aus aneinandergeknoteten Laken.

Es sind glänzende Münzen. Er hält sie triumphierend hoch

und lacht wieder so, wie er es auf der steilen Treppe getan hat. Ein Lachen, das sagt: *Mir gelingt alles.*

Er hat es also wieder getan. Ganz normale Leute für einen sicheren Platz bezahlen lassen. Ich will etwas sagen, oder ihm auf jeden Fall einen vernichtenden Blick zuwerfen, aber er geht schon weiter.

Seine Schritte werfen ein Echo gegen das kahle Gewölbe. Und dann passiert es. Er dreht sein linkes Bein nach innen und tut, als würde er hinken.

Pfeifend geht er um die Ecke. Ich bleibe reglos sitzen.

Ich kann erst wieder richtig atmen, als wir die Liverpool Street Station verlassen. Es ist Viertel nach sechs morgens und allmählich wird es hell.

Die Bahnsteigwärter haben uns weggeschickt, sobald der Fliegeralarm das *All Clear*-Signal gegeben hatte. Jetzt wischen sie blitzschnell den Bahnhof sauber, bevor die Züge wieder fahren.

Es ist, als sähe ich London zum ersten Mal.

Der Himmel ist aus grauem Samt, die Bombenwerfer sind weg. Die Flakgeschütze schweigen. In aller Ruhe ziehen die Menschen mit ihren Bündeln und Karren durch die stillen Straßen zurück nach Hause. Wer nicht sofort zur Arbeit muss, geht schnell noch ins Bett.

Zehn Minuten dauert der Fußweg vom Bahnhof zu unserem Haus. Der leichte Brandgeruch, an den haben wir uns gewöhnt. Staubwolken in der Ferne können uns auch nichts anhaben. Wir schnuppern, ob wir frische Flammen riechen. Schauen, ob wir qualmende Rauchwolken sehen, lauschen, ob wir hier im Viertel Sirenen hören.

Je näher wir unserer Straße kommen, desto schneller gehen wir. Und dann biegen wir um die letzte Ecke.

Es steht noch da.

Wir haben noch ein Haus.

4

Ich wache auf und alles ist still. Sofort sehe ich, dass neben meinem Bett ein Zettel liegt.

Meine Mutter steht schon wieder in der Schlange vor dem Bahnhof. Ich soll sie um halb drei ablösen, dann geht sie zu einer Versammlung vom Freiwilligenkomitee.

Endlich kann sie da wieder hin.

Nachdem ich aus dem Krankenhaus entlassen worden war, hat sie mich monatelang gepflegt. Keiner traute sich, mich zu besuchen. Die Ärzte sagten, ich könne niemanden mehr anstecken, aber was wissen die Ärzte schon? Vielleicht schwebte doch noch was Unheimliches durch mein Zimmer. Vielleicht war es besser, meinen Atem noch eine Weile nicht in die eigene Lunge zu bekommen.

Monatelang sah ich niemanden außer meinem Vater und meiner Mutter und Robbie. Ich las mich durch die gesamte Bücherei, ich schrieb in mein Geschichtenheft. Erst sehnte ich mich nach meinen Freundinnen. Später nicht mehr.

Ich wasche mir Hände und Gesicht in der Küche, löffle kalten Brei aus dem Topf und schreibe in mein Heft.

Als ich rausgehe, stopfe ich das Heft in meine Jackentasche. Es ist windig und bewölkt. Der Herbst ist im Anmarsch.

Bevor ich am Eingang der U-Bahn ankomme, muss ich erst am Bahnhof vorbei. Eine Reihe Kindergartenkinder ist auf dem Weg zum Zug: Ausgelassen winken sie mit Teddybären, Köfferchen und Gasmasken.

Eine Gruppe Soldaten albert miteinander herum und kriegt sich nicht mehr ein vor Lachen, eine Frau schiebt einen ratternden Karren voller Äpfel vorbei, der Zeitungsjunge schreit: »Alles über die Radiorede des Königs! Neue Auszeichnung für Kriegshelden!«

Und dann bleibt jemand genau vor meiner Nase stehen.

»*Excuse me!* Darf ich dich was fragen?«

Das Erste, was ich sehe, sind ihre Beine. Sie trägt kein Kleid oder einen Rock, sondern eine braune Männerhose, die mit einem Gürtel um ihre Taille gezurrt ist. Die Hosenbeine sind aufgerollt, damit sie nicht darüber stolpert.

Über dieser Hose sieht das Mädchen aus wie ein Filmstar. Sie hat eine hellblaue Bluse an und schräg auf ihren dunklen Locken thront ein Hütchen. An ihrem Arm hängt eine Tasche, die fast überquillt, als hätte sie gerade eine Bank ausgeraubt.

»Kannst du mir bitte helfen?«, fragt sie. »Ich bin auf der Suche nach einem Krankenhaus.«

Sie klingt so wie die Leute im Radio. Im echten Leben habe ich noch nie jemanden so ordentlich sprechen hören. Schnell streiche ich mir eine Haarsträhne aus dem Gesicht.

»Brauchst du einen Arzt? Hier um die Ecke …«

Sie fängt an zu lachen. »Heute brauche ich mal keinen Arzt. Meine Schwestern finden es echt eine Leistung: Ich bin nie krank, aber trotzdem kommt der Arzt meist für mich. In fünfzehn Jahren bin ich von drei Pferden gefallen, fast mit einem selbst gebauten Boot ertrunken, zwei Mal vom Dach gerollt und von einer schlecht gelaunten Ratte gebissen worden. Aber wo ist hier ein Krankenhaus?«

Ich kann den Blick nicht von ihr abwenden. Sie sieht völlig anders aus als die grauen, erschöpften Menschen um uns herum. Dieses Mädchen schaut nicht, als würde sie sich tapfer durchschlagen, sondern als hätte sie wirklich Lust auf diesen Tag.

»Das *London Hospital* ist in Whitechapel«, sage ich. Plötzlich habe ich auch mehr Lust auf diesen Tag. »Eine halbe Stunde zu Fuß.« Ich zeige nach Osten.

»Aha«, sagt das Mädchen. »In diese Richtung. Danke.« Sie bleibt stehen.

Ich sehe, wie sie in die Artillery Lane blickt. Die schmale Straße macht fast sofort eine Kurve. Die Gassen dahinter sind noch schmaler und verzweigen sich kreuz und quer. Man verläuft sich sofort.

Ich zögere.

Meine Mutter wartet in der Schlange. Sie rechnet mit mir, ich soll sie ablösen. Wenn ich nicht komme, kann sie nicht zu ihrer Besprechung.

Trotzdem sage ich zu dem Mädchen: »Ich begleite dich.«

»Wie nett! Aber ...« Sie schaut auf mein Bein. »Ist das nicht zu weit für dich?«

»Nein«, sage ich nur.

Sie schaut immer noch auf mein Bein. »Bist du so geboren worden?«

»Vor einem Jahr konnte ich schneller rennen als alle drei Jungs vom Gemüsehändler.«

»Kann es wieder gesund werden?«

»Nein. Keine Wettrennen mehr.«

»Das tut mir leid«, sagt sie ernst. Sie streckt die Hand nach mir aus. »Ich bin Quinn.«

Ich tue, als würde ich ihre Hand nicht sehen. Monatelang wollte mich keiner anfassen. Jetzt weiß ich nicht mehr, wie das geht.

»Ich bin Ella.«

Wir biegen in die schmale Straße. Wenn man Quinn gehen sieht, scheint der Gehweg elastisch zu sein. Oder wie aus der allerneuesten Gummisorte gemacht. Passanten starren auf ihre Hose und ein spindeldürrer Junge ohne Schuhe schreit etwas von einem Kerl mit Titten, aber Quinn winkt ihm einfach fröhlich zu.

»Eine Hose kam mir im Krieg unerlässlich vor«, sagt sie zu mir. »Ich durfte mir diese hier von unserem Stallknecht ausleihen, darum riecht sie ein wenig nach Stroh und Pferdeschweiß. Aber wenn jetzt eine Bombe fällt, kann sich keiner über meinen hochfliegenden Rock beklagen.«

Sie schaut um sich. »Warum ist hier nichts kaputt? Im Radio, das war doch wohl nicht bloß Propaganda? Wenn keine Bomben fallen, hätte ich genauso gut zu Hause bleiben können.«

»Im Ernst?«, frage ich. »Du kommst wegen der Bomben?«

»Findest du das seltsam?«, fragt sie gelassen. »Natürlich wäre mir lieber, es würden keine Bomben fallen. Aber wenn sie sowieso da sind, dann will ich dabei sein.«

Wir gehen durch eine steinalte Gasse, die so schmal ist, dass Autos und Pferdewagen nicht hindurchpassen. Die Geschäfte haben bunte Fassaden, über unseren Köpfen bewegen sich Schilder mit goldenen Buchstaben.

»Wie wunderbar pittoresk!«, ruft Quinn begeistert. »Die abgeblätterte Farbe und eine Katze ohne Schwanz und diese stinkenden Eimer…«

»Warte nur ab«, sage ich. »Das hier ist der *gute* Teil unseres Viertels.«

»Bestimmt sind diese Häuser richtig alt«, sagt Quinn einen Moment später. »Vielleicht ja sogar gregorianisch?«

Ich habe wirklich nicht die geringste Ahnung. Ich bin außer Atem und mit jedem Schritt entferne ich mich weiter von meiner Mutter.

Sie wird wütend sein. Und sich furchtbare Sorgen machen. Das weiß ich, und trotzdem gehe ich immer weiter.

Sie muss lernen, dass sie mich nicht für immer in einen Schrank unter der Treppe stopfen kann, sage ich zu mir selbst. Sie muss lernen, dass ich kein Kind mehr bin.

Ich muss mir nur noch überlegen, was ich dann bin.

Neben mir tut Quinn noch immer, als wäre sie Prinzessin Elizabeth, die zum ersten Mal in ihrem Leben eine normale Straße sieht. »Nun schau dir doch nur mal dieses schmale Haus dort an! Diese schiefen Fensterläden…«

Und dann ist sie still.

In der nächsten Straße hängt nichts schief. Da klafft einfach nur ein riesiges Loch.

Mitten in der Reihe ist ein Haus verschwunden. Von dem Haus daneben ist die Fassade weggerissen worden. Man schaut direkt in die Zimmer: Im ersten Stock kippt ein Eisenbett fast über den Rand, an einer schlaffen Wäscheleine trocknen Socken.

Die Straße liegt voller Steine, zersplitterter Balken und Staub.

Männer mit Helmen räumen den Schutt weg, ein paar Meter weiter kehren zwei Frauen Glasscherben zusammen.

Ein Mann mit zwei kleinen Mädchen an der Hand steht da und schaut sich die leere Stelle in der Häuserreihe an. Seine Kleidung ist zerrissen, seine Haare voller Kalk. Die Mädchen weinen.

So sieht das also aus: eine Familie, in der ein Loch klafft.

»Es war keine Propaganda«, sagt Quinn leise. »Hier fallen wirklich Bomben.«

Ich schaue zur Seite und sehe, dass sie Tränen in den Augen hat.

»Diese Schweine.« Sie ballt die Fäuste. »Wenn ich ein Junge wäre, würde ich mich sofort einziehen lassen.«

»Du bist doch erst fünfzehn?«

»Das ist doch wohl egal? Ich habe keinen Pimmel, das finden sie das größere Problem.«

Ich starre sie an.

»Es ist vollkommen unverständlich«, sagt Quinn. »Die ganze Welt dreht sich darum, ob man einen Pimmel hat oder nicht. Hast du einen, dann bekommst du ein Gewehr und darfst den Feind abknallen. Hast du keinen, dann bleibst du zu Hause hocken und wartest. Das ist doch keine effiziente Methode, um einen Krieg zu gewinnen?«

Ich starre noch immer und sie fängt an zu kichern. »Sorry. Stört es dich, wenn ich mitten auf der Straße über Geschlechtsteile rede?«

»Ich finde es ...«, ich versuche, ihre vornehme Stimme nachzuahmen, *»ein wenig unbehaglich.«*

»Ich habe drei ältere Schwestern, die einfach über alles reden«, sagt Quinn. »Und ich lese viel.«

»Ich lese auch«, sage ich, ein wenig atemlos. »Aber andere Bücher als du!«

»Los, komm.« Sie geht weiter. Mitten durch den Schutt und die Glasscherben. »Wir gehen zum Krankenhaus. Da kann ich wenigstens was tun. Ab morgen bin ich Krankenschwester.«

»Aber du bist fünfzehn!«

»Ja und? Von meiner Gouvernante habe ich genau gehört, wie das läuft. Natürlich fängt man mit den unangenehmsten Aufgaben an, aber alle wohnen zusammen in einem supergeselligen Schwesternheim. Ich melde mich jetzt an, und später hole ich dann meinen Koffer ab.«

»Aber ...« Ich verstumme.

Ich verstehe es nicht. Gerade eben, am Bahnhof, hat sie nicht nach dem London Hospital gefragt. Sie hat einfach nach dem nächsten Krankenhaus gefragt.

»Wissen sie, dass du kommst?«

»Nein«, sagt sie munter. »Aber das werde ich ihnen jetzt erzählen. Es ist Krieg. Ich bin bereit, Bettpfannen zu leeren und Wunden zu säubern und weinende Soldaten zusammenzustauchen.« Sie schaut zu mir. »Würdest du auf mich warten? Dann nehmen wir uns gleich ein Taxi. Da brauchst du nicht den ganzen Weg zurück zu Fuß zu gehen, und ich kann meinen Koffer abholen. Ich habe ihn bei einem jungen Mann zurückgelassen, der aussah, als hätte er gerade ein furchtbares Bombardement überlebt. Auf seiner Wange klebte sogar noch Blut.«

Ich bleibe stehen. »Was?«

»Das war so praktisch! Ich stieg mit meinem Riesenkoffer aus dem Zug, und sofort war da dieser Junge. Die Gepäckaufbewahrung vom Bahnhof sei voll, sagte er. Aber er kannte noch einen anderen Ort, um meinen Koffer aufzuheben.«

»Und das hast du geglaubt?«, frage ich empört. »Ich kenne diesen Typen. Jay ist ein richtiger Betrüger!«

Sie schaut schuldbewusst. »Das hatte ich fast schon befürchtet. Na ja, zum Glück hänge ich nicht so an den Kleidern in diesem Koffer.« Sie fängt an zu kichern. »Es war nur ein schwacher Moment. Er war unglaublich charmant. Mein Leben würde völlig aus dem Ruder laufen, wenn alle Pimmel so gut aussehen würden.«

5

Ich sitze auf einer zugigen Mauer und warte, bis Quinn wieder aus dem Krankenhaus kommt. Mir ist kalt, an der gegenüberliegenden Straßenseite knurren sich zwei räudige Hunde an, ich weiß, dass meine Mutter in der Schlange immer unruhiger auf mich wartet.

Trotzdem gehe ich nicht zurück.

Zum ersten Mal seit Monaten spüre ich, dass ich mehr bin als ein verkrüppeltes Bein. Mehr als ein bleiches Mädchen, das man nicht allein lassen kann. Ein grau gestrichener Krankenwagen fährt vorbei und ich ziehe die Schultern zurück.

Zum ersten Mal seit Monaten bin ich gespannt, was jetzt passieren wird.

In der Ferne taucht Quinn wieder auf. Sie geht schnell, ihre Locken wehen im Wind. Und dann steht sie vor mir, mit roten Wangen und blitzenden Augen.

»Diese blöden Idioten!«, ruft sie wütend. »Ich bin zu jung, sagen sie. Ich darf keine Krankenschwester werden. Es ist egal, dass ich bis zum Umfallen arbeiten will, es ist egal, dass Krieg ist, es geht nur um die Regeln. Ich hätte einfach Violets Ausweis mitnehmen sollen. Alle sagen, wir sähen uns so ähnlich. Ich kann doch gut für neunzehn durchgehen?«

Ein Taxi fährt vorbei, und ohne zu zögern, steckt sie sich zwei Finger in den Mund und pfeift ohrenbetäubend schrill.

»Hat mir der Stallknecht beigebracht«, sagt sie stolz. »Komm!«

Sie zieht mich mit zum Taxi. Der Fahrer öffnet uns den hinteren Wagenschlag und scheint die Kombination von Quinns Hose und meinem Humpelbein völlig normal zu finden.

»Würdest du dich das trauen?«, flüstere ich, während ich tue, als fände ich es völlig normal, in einem Taxi zu sitzen. »Sagen, dass du neunzehn bist? So tun, als wärst du jemand anderes?«

»Ich traue mich alles.«

»Echt?«

Während das Taxi einen Umweg macht, weil die Straßen wegen einer UXB gesperrt sind, denkt sie nach.

»Ich traue mich alle gefährlichen Sachen«, sagt sie dann. »Die spannenden Sachen, die sich andere nicht trauen. Was ich mich nicht traue, ist, später zu heiraten, drei oder vier Kinder zu kriegen und den Rest meines Lebens zu gärtnern und Tee zu trinken.«

Einen Moment ist es still. Wir fahren an verstaubten Menschen vorbei, die verstört an einer Straßenecke stehen.

»Wenn man arm ist«, sage ich, »hat man keinen Garten.« Ich zucke die Achseln. »Und wenn man hinkt, will keiner einen heiraten. Bloß das mit dem Teetrinken ist schwierig. Dem kann wirklich keiner entkommen.«

Sie sieht mich an. Und dann fängt sie an zu kichern.

»Du hältst mich für ein privilegiertes Ding.«

»Ich weiß nicht einmal, was das ist!«

»Sorry. Du hältst mich für bevorzugt. Verwöhnt. Blind.« Ohne eine Antwort abzuwarten, spricht sie weiter. »Ich habe zwar keine Ahnung, wo ich heute Nacht schlafen soll, aber ich gehe nicht zurück nach Hause! Ich habe dermaßen die Nase voll davon, Lady Quintana auf ihrem Landgut zu sein, ich will…«

»Wirklich?«, frage ich. »Du bist eine *Lady*?«

Sie seufzt. »Mein Vater ist ein Graf, ich kann auch nichts dafür.« Sie sieht mich drohend an. »Das erzählst du niemandem, ja! Hier bin ich einfach Quinn.«

»Bist du von zu Hause weglaufen?«

»Natürlich bin ich von zu Hause weglaufen«, sagt sie verärgert. »Glaubst du, Papa und Mama finden es in Ordnung, dass ihre jüngste Tochter ganz allein nach London fährt? In der Hose des Stallknechts, der schon für genug Probleme gesorgt hat, mit einer Tasche voller Juwelen und dem Plan, Krankenschwester zu werden?«

Sie schüttelt den Kopf. »Armer Papa und arme Mama. Ihren einzigen Sohn haben sie schon verloren, und jetzt bin ich auch noch verschwunden. Hätten sie eben nicht so archaisch und rigide sein sollen.«

»Ähm…«, sage ich, und sie fängt an zu lachen.

»Meine Gouvernante hat mir aufgetragen, jeden Tag drei neue Wörter aus dem Wörterbuch zu lernen, und jetzt tanzen mir diese Wörter ständig durch den Kopf, und manchmal wollen sie einfach raus…«

Das Taxi hält am Bahnhof. Mit einer achtlosen Geste bezahlt sie den Fahrer, und dann stehen wir zusammen auf dem nassen Gehweg. Ein feiner Nieselregen lässt die Steine glänzen.

»Du musst also heute Nacht irgendwo schlafen?«, frage ich.

Sie schaut sich um. »Ja. Ich hole meinen Koffer ab und dann nehme ich eben ein Taxi zum Savoy. Da wohne ich immer mit

Mama, wenn wir uns hier neu einkleiden. Bestimmt haben die auch einen guten Schutzkeller.«

»Oder«, sage ich, »du kommst mit mir. Ich schlafe heute Nacht in der U-Bahn.«

»*Die U-Bahn*?« Sie fängt an zu lachen. »Was für ein witziger Name. Das Hotel kenne ich gar nicht. Ist es gut? Ob sie noch ein Zimmer für mich haben?«

Ich bin erschöpft. Vom Fußmarsch, von den vergangenen Nächten, von den Gesprächen mit jemandem, der Wörter benutzt, die ich nicht einmal aus Büchern kenne. Aber gleichzeitig spüre ich ein Kribbeln. »Das ist kein Hotel«, sage ich. »Das ist einfach wirklich die U-Bahn. Heute Nacht habe ich auf dem Bahnsteig der Central Line gelegen. Zusammen mit ein paar Hundert anderen.«

»Da kann man doch nicht schlafen?«, fragt Quinn schockiert. »So ein Bahnsteig ist doch total hart! Und sind die Leute denn nachts still? Stehen da Wandschirme, oder liegen alle einfach so durcheinander? Benehmen die Leute sich denn anständig?«

Ich schüttele den Kopf. »Nein, das tun sie nicht. Ich habe kein Auge zugemacht.«

»Ich stelle es mir grässlich vor«, sagt Quinn. Mitten im Nieselregen steht sie strahlend auf dem Gehweg. »Darf ich bitte mit?«

6

»Bist du dir sicher, dass es hier ist?«, flüstere ich.

Quinn nickt. »Auf diese Häuserreihe hat er gezeigt. Nummer 43, und dann am Ende des Ganges.«

Sie drückt gegen die farblose Tür, die nur angelehnt ist, und vorsichtig gehen wir hinein. Die Finsternis riecht nach verkochtem Kohl und überall liegen alte Sachen: ein kaputter Stuhl, leere Flaschen, ein Vogelkäfig, verschlissene Stiefel, rostige Konserven.

»Faszinierend«, flüstert Quinn.

»Du findest diesen Gang hier interessant, ja?«

Sie kichert. »Ja. Erquickend. In allen Gängen, die ich kenne, stolpert man über Ritterrüstungen und Ölgemälde.«

Ich höre Geraschel an der Wand und sofort danach streift etwas Weiches meinen Fuß.

»Ich glaube, Jay hat deine Sachen schon längst verkauft«, flüstere ich.

»Das könnte durchaus sein.« Quinn klopft zufrieden auf ihre überquellende Handtasche. »Zum Glück sind die Juwelen hier drin.«

Sie hämmert an die nächste Tür und ich halte die Luft an. Vor dreizehn Stunden habe ich Jay zuletzt gesehen. Er spazierte pfeifend über den schlafenden Bahnsteig und tat, als würde er hinken.

Ich verabscheue ihn. Und trotzdem kann ich nicht sagen, ob ich wirklich erleichtert bin, wenn er nicht da ist.

»Herein!«, ruft eine heisere Stimme.

Quinn drückt die Tür auf und ich kneife die Augen zusammen. In dem niedrigen, halbdunklen Raum türmen sich Decken, Kopfkissen und Taschen. Blaue Rauchwolken kringeln nach oben. Mitten zwischen all dem Gepäck hockt ein alter Mann zusammengekauert in einem Sessel. Er saugt an einer dünnen Zigarre, fängt dann an zu husten.

»Guten Tag, der Herr«, sagt Quinn höflich. Ich höre an ihrer Stimme, dass das hier für sie ein Riesenabenteuer ist. »Ich habe Grund zu der Annahme, dass ein junger Mann meinen Koffer hierhergebracht hat. Wissen Sie womöglich etwas darüber?«

Der Mann atmet rasselnd. »Schau dich nur um, Fräulein. Ich sitze hier nur.«

Quinn wirft mir einen schnellen Blick zu, und ja, keine Frage: ihre Augen blitzen. Ohne auch nur eine einzige Decke zu berühren, durchsuchen wir das stinkende Labyrinth.

Und dann höre ich eine Stimme hinter mir.

»Dein Koffer liegt da links in der Ecke.«

Ich drehe mich um.

Da steht er. Im Türrahmen. Mein Körper macht sich abwehrbereit, aber er schaut nicht zu mir. Er schaut zu Quinn.

Seine Haare fallen ihm in die Stirn, die Schramme auf seiner Wange ist dunkler geworden. Ohne es zu wollen, höre ich Quinns Stimme in meinem Kopf. *Mein Leben würde völlig aus dem Ruder laufen, wenn alle Pimmel so gut aussehen würden.*

»Mein Gott«, sagt Quinn erstaunt. Sie schiebt ein paar schwere Taschen zur Seite. »Das ist tatsächlich mein Koffer! Hattest du keine Lust, ihn zu verkaufen?«

Jay fängt an zu lachen. »Schon. Aber das Teil ist voller Blümchenkleider und alter Bücher. Was für ein Krempel.«

»Du hast also alles wieder zurückgelegt?«, fragt Quinn freundlich.

»Ja.« Er streicht sich die Haare zurück. »Ich hatte auf Diamanten gehofft. Dann wäre ich abgehauen. Aber für ein paar Klamotten lasse ich meinen Handel nicht im Stich.«

»Was ist das hier eigentlich?«, fragt Quinn, während sie sich umschaut. Sie hat natürlich noch nie im Leben zwischen so viel armseligem Plunder gestanden, aber sie scheint sich pudelwohl zu fühlen.

Jay grinst. »Jeden Tag schleppen sich die Leute mit ihrem Zeug ab: von ihrer Wohnung zum Bahnhof und wieder zurück. Jetzt können sie ihre Decken und Taschen gegen ein bisschen Geld den ganzen Tag hierlassen. Und bevor sie abends runter in die U-Bahn gehen, holen sie alles wieder ab. Hier, beim alten William, der gleich ein paar Zigarren von mir bekommt.«

Plötzlich dreht er sich zu mir. »Netter Handel, oder?«

Die ganze Zeit hat er zu Quinn geschaut. Jetzt sieht er mich an und der Unterschied schneidet durch meinen Leib: Wie alles an ihr genau richtig ist. Und alles an mir falsch.

Ich zucke die Achseln. »Von mir aus. Decken aufheben ist auf jeden Fall besser als sichere Schlafplätze besetzt halten.«

»Da mach dir mal keinen Kopf.« Er fängt an zu lachen. »Die Plätze verkaufe ich auch noch. Das bringt mehr ein.«

»Bis jemand zur Polizei geht«, sage ich leise.

»Zur Polizei? Das will ich nicht hoffen, für dich. Dann werden sie sich ja auch um meinen Assistenten kümmern müssen.«

Er wartet. Über unseren Köpfen schweben die Rauchwolken.

»Dein Assistent?«, frage ich. Mein Herz schlägt wie wild.

»Ja, ein echter Lausejunge. Hat gar keine Probleme damit, für so einen *Gauner* wie mich zu arbeiten. Also hält er jetzt etwa sieben der allerbesten Plätze für mich besetzt. Dann kann er sich gleich ein neues Flugzeug kaufen. Jedenfalls – wenn niemand die Polizei auf ihn hetzt. Zum Glück kann er schnell rennen…«

Einen Moment lang ist es still im Raum.

»Mistkerl«, sage ich dann.

Ich drehe mich zur Tür. Quinn und ihr Koffer sind mir völlig egal, ich muss zu Robbie.

Ganz London ist eine einzige UXB, die Stadt kann jeden Moment explodieren. Die Leute reißen sich zusammen. Schweigend warten sie in der Schlange vor der U-Bahn, sie beherrschen sich, während die Stadt in Flammen aufgeht. Aber sie sehnen sich danach, einen Moment lang *nicht* die Ruhe zu bewahren. Wenn sie dort unter der Erde entdecken, dass Robbie diese Plätze besetzt hält, wird sich der ganze Bahnsteig auf ihn stürzen.

So schnell ich nur kann, humpele ich durch den düsteren Gang, raus aus dem farblosen Haus, über die feuchten Straßen zum Eingang der U-Bahn. Durch meinen Kopf hallen Schimpfwörter, die ich mich früher nicht zu denken traute.

In all den Monaten im Bett habe ich versucht, mir ein neues Leben auszudenken. Und jetzt, nach ein paar Stunden mit Quinn und Jay, schaue ich erstaunt auf mich selbst. Ich habe meine Mutter im Stich gelassen und denke Wörter, die ein vierzehnjähriges Mädchen nicht einmal kennen sollte.

Wer um alles in der Welt bin ich?

7

Wegrennen gelingt mir natürlich überhaupt nicht. Ich bin noch längst nicht am U-Bahnhof angekommen, als sie mich schon eingeholt haben. Quinn geht mit ihrem schweren Koffer links von mir, Jay rechts.

»Ich helfe dir«, flüstert Quinn.

»Wenn du mich verpfeifst«, sagt Jay, »kannst du gleich überhaupt nicht mehr laufen.«

Mir wird ganz anders, aber Quinn schüttelt verärgert den Kopf.

»Jay«, sagt sie streng, »lass Ellas Bein in Ruhe. Das ist unhöflich und auch wenig originell. Wir wissen, dass Ella hinkt. Sie humpelt hier ziemlich augenfällig zwischen uns her, wir werden das wohl kaum vergessen.«

Ich bin viel zu sehr mit der Treppe beschäftigt, um etwas zu sagen.

Es ist nach vier Uhr und das Gitter zur U-Bahn ist offen: Wir können einfach so rein. Während Quinn und Jay schweigend zusehen, hinke ich ziemlich augenfällig die steile Treppe hinab.

Und dann stehe ich mit meinen Münzen vor dem Fahrkartenautomaten.

»Oje«, sagt Quinn neben mir. »Ich habe kein Kleingeld. Bloß Diamanten.«

Sie kichert, aber ich stimme nicht mit ein. Ich schaue zu den Knöpfen und weiß nicht, welche ich drücken muss. Ich bin vierzehn, aber ich kann mich nicht einmal daran erinnern, wie so ein Automat funktioniert.

»Ich mach das schon«, sagt Jay, ohne mich anzusehen. Er klaubt die Pennys aus meiner eiskalten Hand und wirft das Geld schnell in den Schlitz.

Wir gehen zu den Rolltreppen und mir wird schwindelig. Ich bin nicht nur auf dem Weg zu Robbie, sondern auch zu meiner Mutter.

Was soll ich ihr gleich sagen? Dass sie mich monatelang gepflegt hat, aber ich es heute nicht für nötig hielt, sie in der Schlange abzulösen? Dass Robbie reif ist fürs Gefängnis und wir jetzt auch noch eine Lady in unsere Sardinenreihe quetschen müssen?

Sogar in den zugigen Gängen sitzen jetzt Menschen auf Decken und warten.

»Sieh dir das nur an«, flüstert Quinn. Sie schaut, als würde sie durch den Zoo spazieren. »Legen die sich hier wirklich gleich zum Schlafen hin? Wie Obdachlose, einfach so auf den Boden?«

Plötzlich bleibt Jay stehen. Er dreht sich um. Er hat dunkle Augenränder, seine Wangenknochen stechen hervor.

»Kommst du von einem anderen Planeten?«

»Aus einem kleinen Dorf«, fängt Quinn an. »Oder eigentlich noch etwas außerhalb. Es ist …«

Aber er hört nicht zu. »Jede Nacht fällt tonnenweise Sprengstoff vom Himmel.« Seine Stimme schallt durch den kahlen Gang. »Der Regierung sind wir doch völlig egal, es wurden viel zu wenig Schutzkeller gebaut. Und als die Bombardements anfingen, haben sie auch noch die U-Bahn zugesperrt! An dem einzigen wirklich sicheren Ort in London sollten wir uns nicht verstecken. Aber wir lassen uns nicht kaputtmachen.«

Der ganze Gang ist still. Jay ballt die Fäuste und zum ersten Mal frage ich mich, wo er eigentlich herkommt. Er ist bettelarm, so viel steht fest. Wohnt er im East End, wo die meisten Bomben fallen und halbe Stadtviertel lichterloh in Flammen stehen? Oder hat er überhaupt kein Zuhause mehr?

»Aber auf diesem Bahnhof«, sagt er laut, »haben wir die U-Bahn gestürmt. Wir haben uns einfach hineingedrängt. Und jetzt dürfen wir überall in London in der U-Bahn Schutz suchen. Diese Tunnel gehören jetzt uns! Und jeder, der nicht ohne Matratze sein kann« – er sieht Quinn scharf an – »soll sich fortscheren.«

»Hear, hear«, ruft ein Mann vom Fußboden aus.

Mucksmäuschenstill gehen wir weiter durch die Gänge. Vorsichtig, damit wir nicht auf jemanden treten. Quinn schleppt ihren kolossalen Koffer ganz allein. Sie keucht, aber ich kann ihr nicht helfen. Und Jay tut, als würde er nichts hören.

Das Bahngleis der Central Line kommt näher und ich habe noch immer keine Ahnung, was ich gleich zu meiner Mutter sagen soll. Aber als wir endlich da sind, geht Jay nicht nach rechts, wie gestern. Er geht nach links. In die andere Richtung, weg von meiner Familie. Und wir folgen ihm.

Überall wird aufgeregt über Quinn in ihren Männerhosen getuschelt. Die Leute wissen nicht, dass ihre Tasche randvoll mit Juwelen gefüllt ist, aber sie sehen sofort, dass Quinn nicht hierhergehört. Ihre Wangen sind rosig, ihre glänzende Bluse passt genau und sie schaut, als wäre das Leben ein Abenteuer.

Aber so funktioniert es nicht. Wenn das Leben wirklich ein Abenteuer ist – wenn man nicht sicher weiß, ob man am nächsten Tag noch ein Zuhause hat –, dann schaut man nicht so.

Jay geht immer weiter. Bis ganz zum Ende des Bahnsteigs, und dann springt er einfach so hinunter.

»Bist du verrückt geworden?«, schreie ich. »Pass auf, die Gleise!«

Aber er lacht und geht einfach so in den halbdunklen Tunnel.

»Hier liegen noch keine Gleise«, ruft er. »Die Central Line wird verlängert, aber hier arbeitet schon seit Monaten niemand mehr.«

Ich stehe da am äußersten Ende des Bahnsteigs und es gibt zwei Sachen, die mir gleichzeitig klar werden.

Jay hatte recht: Das hier sind absolut die besten Verstecke im gesamten Bahnhof. Hier rattern keine Züge vorbei, es ist angenehm halbdunkel und es sind viel weniger Leute hier als auf dem Bahnsteig.

Aber nie im Leben werde ich mich in diesen Tunnel trauen. Nicht nach jenem anderen Tunnel.

Ich spüre es wieder. Das steife Gummi um meinem Hals, den Druck auf meinem Brustkorb. Ich höre das schnaufende Puffen, ich sehe den Spiegel über meinem Kopf. Jeden Tag kamen die Hände von Krankenschwestern durch die Klappen hinein. Jeden Tag wartete ich ab, ob ich ihre Finger noch spüren konnte.

Ich stehe auf dem Gleis und da ist es wieder. Ein riesiges Nichts anstelle meines Körpers.

Ich falle in Ohnmacht.

8

Es ist nicht gerade angenehm, sofort hundert Fragen beantworten zu müssen, wenn man gerade erst wieder zu sich gekommen ist. Meine Mutter, mein Onkel und meine Tante keuchen mir ins Gesicht und wollen wissen, ob ich krank bin, wo ich die ganze Zeit war und wie ich mich jetzt fühle.

Ich habe keine Ahnung.

Ich liege unter der karierten Tagesdecke auf dem Bahnsteig und ich sehe nur Familienmitglieder. Wo ist Quinn? Sie sollte doch bei uns übernachten? Und wo ist Jay?

»Hier, trink das.« Meine Mutter stützt meinen Kopf und gießt mir lauwarmen Tee mit sehr viel Milch und Zucker in den Mund. Seit Zucker nur mit Marken erhältlich ist, habe ich nicht mehr so etwas Süßes geschmeckt.

»Ich habe dich überall gesucht«, flüstert sie. »Die anderen Frauen haben mir meinen Platz in der Schlange frei gehalten, damit ich zu Hause nachschauen konnte. Und auf der Straße und im Park und auf dem Polizeirevier. Wo warst du?«

Ich antworte nicht. Ich will die Arme um sie schlingen, aber ich rühre mich nicht. Auf den Decken um uns herum recken die Leute den Hals, um bloß nichts von unserem Gespräch zu verpassen.

»Bist du krank?«, fragt sie leise. »Soll ich einen Arzt rufen?«

»Ich hab zu wenig gegessen«, sage ich heiser. »Das ist alles.«

Seufzend schüttelt sie den Kopf und steht auf. Während sie zu unserem Korb mit Lebensmitteln geht, setzt sich Robbie schnell zu mir.

»Jay hat mich geholt«, flüstert er aufgeregt. »Ich habe in diesem Tunnel gehockt und gewartet, und da rief er, dass du in Ohnmacht gefallen bist! Ich sollte ihm den Weg zeigen, und dann haben sie dich gemeinsam getragen.«

»Getragen?« In meinem Kopf ist noch immer alles ganz schwammig. »Wer?«

»Jay und dieses Fräulein in den Hosen!«

»Sie heißt Quinn.«

»Wirklich? Das ist ein komischer Name. Na ja, Jay hat dich unter den Achseln gefasst und Quinn hat deine Beine genommen. Sie haben dich einfach hochgehoben und jetzt hat der ganze Bahnsteig deine Unterhose gesehen.«

Ich mache die Augen wieder zu und kann es nicht verhindern: Ich sehe es vor mir. Wie Quinn sich meine Beine schnappt: das normale Bein rechts und das Bein mit dem Spezialschuh links. Wie Jay sich neben meinen Kopf stellt und sich über mich beugt. Wie er …

»Was ist mit dieser Quinn?«, flüstert Robbie. »Wir waren auf halber Strecke und da tauchte ein Polizist am Bahnsteig auf. Du hättest mal sehen sollen, wie schnell die weg war! Sie ließ einfach deine Beine los und zischte ab.«

»Sie ist weggerannt, als sie den Polizisten sah?«

»Und ob. Und sie ließ dich einfach auf den Boden knallen. Oder na ja – zum Glück hat Jay dich festgehalten. Der ist wahnsinnig stark. Er hat dich einfach so ganz allein über den Bahnsteig getragen. Er sagte …«

»Robbie!« Meine Mutter ist zurück. »Lass Ella ein wenig in Ruhe.«

Sie setzt sich neben mich und gibt mir ein Sandwich mit gestampften Bohnen und noch einen großen Becher Tee.

Schweigend fange ich an zu essen. Die Bohnen sind matschig und bleiben mir im Hals stecken. Im Tee ist dieses Mal kein Zucker.

»Ich musste einem Mädchen helfen«, sage ich leise. »Sie war ganz allein und sie kannte sich nicht aus in London …«

Meine Mutter seufzt. »Ich musste zu dieser Besprechung. Tausende von Menschen haben kein Zuhause mehr. Wir müssen ihnen helfen und Essen und Kleidung und Decken organisieren …«

Ich nehme noch einen klebrigen Bissen. Noch einen bitteren Schluck.

»Es tut mir leid«, flüstere ich. »Ich hätte um halb drei hier sein müssen.«

Ich lege den Kopf in ihren Schoß. Sanft streichelt sie meine Haare und ich mache die Augen zu.

Vor einem Jahr konnte ich weniger als ein Baby. Jetzt kann ich wieder selbst atmen. Aber was ist mit dem Rest?

Mitten in der Nacht wache ich auf. Mein Bein ist steif, mir ist kalt und warm gleichzeitig. Schläfrig setze ich mich auf. Die Uhr am Bahnsteig zeigt zehn nach zwölf an.

Ich denke an meinen Vater, der jetzt wieder durch die verdunkelten Straßen zieht. Einen Stahlhelm auf dem Kopf, eine Trillerpfeife in der Tasche, auf das nächste Flugzeug wartend. Jeden Morgen, wenn er todmüde nach Hause kommt, tun wir, als wäre es normal, dass er wieder eine Nacht überlebt hat.

Und dann denke ich an Quinn. Wo sie jetzt wohl ist? Ob sie in Sicherheit ist? Ich reibe mir die Augen, aber mein Kopf ist voller Nebel. Schläfrig will ich nach meinem Geschichtenheft greifen, und dann bin ich plötzlich hellwach.

Meine Tasche ist leer. Das Heft ist verschwunden.

Es fühlt sich an, als würde ich fallen, und ich weiß wahrlich, wie sich das anfühlt.

Ich brauche nicht lange darüber nachzudenken, wo ich es verloren habe. Es muss mir aus der Tasche gerutscht sein, als ich in Ohnmacht fiel, oder kurz danach, als sie mich ohnmächtig über den Bahnsteig trugen.

Irgendwo auf diesen grauen Steinen liegt mein Innerstes.

Vorsichtig setze ich mich auf, mein Bein kribbelt. Ich steige über Robbie hinweg, schwanke kurz über meiner Mutter, und dann gehe ich los Richtung Tunnel.

Hier und dort sind noch Leute wach, aber sie beachten mich nicht. Sie sind an Passanten gewöhnt: Am Ende des Bahnsteigs steht ein Wandschirm, hinter dem sich ein stinkender Eimer verbirgt.

Ich suche den Boden ab. Der Umschlag von meinem Heft ist dunkelblau, auf diesen Steinen wird er kaum auffallen. Ich schaue auch neben mich, in die Tiefe zwischen den Gleisen. Vielleicht hat jemand es weggekickt.

Oder vielleicht sitzt jetzt einer da und liest es.

Obwohl niemand mich ansieht, spüre ich, wie meine Wangen knallrot werden.

Wär es ein Tagebuch, dann wäre es mir ja egal. Mein echtes Leben ist nicht so interessant.

Aber in meinem Geschichtenheft steht die aufpolierte Fassung. Die Fassung, in der jeder Arzt in diesem grässlichen Krankenhaus atemberaubend gut aussah. In der jeden Tag Blumen und Obstkörbe für das kranke Mädchen abgegeben wurden. Die Fassung, in der die Welt jubelte, als sie wieder gesund wurde.

Und dann ist da auch noch ein Kuss.

Fünf Abschnitte lang geht es um einen jungen Arzt mit glänzenden blonden Haaren und sanften Händen. Ein Held, der sich nicht beherrschen kann und eines stillen Abends das kranke Mädchen leidenschaftlich küsst, aller Ansteckungsgefahr zum Trotz.

Idiotisch natürlich.

Und trotzdem geriet ich außer Atem, als ich darüber schrieb.

Wirklich, ich weiß nicht, was mit mir los ist. Aber wenn jemand diese Seiten jemals liest, bleibt mir nur eines übrig. Dann muss ich den Rest meines Lebens in Quarantäne.

Ich bin fast am Ende des Bahnsteigs angekommen, der Tunnel rückt immer näher. Der Gestank des Eimers ist überwältigend. Hier, an dieser Stelle, bin ich in Ohnmacht gefallen. Aber mein Heft ist nirgends zu sehen.

Und dann fällt mir ein, dass Quinn es ja vielleicht gefunden hat. Oder Jay.

Mir ist schwindlig und ich bleibe stehen. Ich habe keine Ahnung, wo Quinn jetzt ist. Aber wo Jay ist, das weiß ich. Vielleicht hat er meine idiotischen Fantasien ja mitgenommen. Mit in den Tunnel.

Jetzt, da ich auf diesen Gedanken gekommen bin, kann ich

nicht mehr zurück. Wenn Jay mein Geschichtenheft hat, muss ich es so schnell wie möglich zurückbekommen. Ich muss in diesen Tunnel.

Mein Körper fängt an zu zittern, bevor ich auch nur einen einzigen Schritt gemacht habe. Im Tunnel ist es viel dunkler als auf dem Bahnsteig: ganz hinten in der Ferne sehe ich drei kleine Glühbirnen. Das ist alles.

Vorsichtig lasse ich mich vom Bahnsteig hinab. Hier liegen keine tödlichen Gleise, aber was ich tue, fühlt sich trotzdem verboten an. Noch vor ein paar Stunden war ich mir sicher, niemals einen Fuß hier hineinzusetzen. Aber jetzt muss ich ja wohl, weil ich so verrückt war, mir ein Leben auszudenken, während ich auch hätte stricken können.

Ich habe Ohrensausen. Ich schaue nach hinten, aber da kommt keine U-Bahn. Es ist das Sausen vom letzten Jahr; das Keuchen und Puffen, das Tag und Nacht weiterging, während ich in jenem anderen Tunnel lag.

Schritt für Schritt gehe ich in das Dämmerlicht.

Über die Tunnelwände ziehen sich riesige Eisenrippen, die dafür sorgen sollen, dass hier nichts einstürzt. Zwischen diesen Rippen ist jeweils Platz für eine Decke: ein schmaler Schlafplatz für einen Mann oder eine Frau oder ein Kind.

Im Halbdunkel betrachte ich jeden schlafenden Körper, jede weggedrehte Wange, jede Hand, jeden Arm.

Aber als ich endlich da bin, erkenne ich ihn sofort.

Da liegt Jay.

Er hat sein Hemd ausgezogen, es hängt über seinem Kopf an der Tunnelwand. Sein ärmelloses Unterhemd wirkt im Halbdunkel weiß, aber bestimmt ist es genauso schmutzig wie seine anderen Sachen. Seine Wange ruht auf seinem Oberarm, die Haare hängen ihm in die Stirn.

Dicht neben ihm, als Allerletzte, bevor der Tunnel aufhört, liegt Quinn. Sie ist nicht in ein schickes Hotel gegangen, sie irrt nicht verzweifelt durch die Straßen, sie ist hier. Bei Jay.

Schweigend schaue ich mir die beiden an. Wie ruhig sie da schlafen. Einfach so, als würden sie zusammengehören. Ich drücke die Fingernägel in meine Handflächen, aber ich kann den Blick nicht von ihnen abwenden.

Und dann sehe ich mein Geschichtenheft in Jays Hand.

9

Wenn ich jetzt zögere, traue ich mich nie.

Quinn liegt dicht neben Jay, aber an seiner anderen Seite ist ein Platz, an dem keiner schläft. Ich knie mich hin und krieche ganz vorsichtig zu ihm.

Ohne ihn anzuschauen, greife ich nach einer Ecke meines Geschichtenheftes. So langsam, dass ich mich kaum bewege, ziehe ich es aus seiner schlafenden Hand. Aber in dem Moment, als ich es habe, krallen sich seine Finger um mein Handgelenk.

»Aua!« Ich krümme mich.

Er richtet sich auf und reibt sich mit einer Hand die Augen. Mit der anderen hält er mein Handgelenk noch immer in einem stählernen Griff.

»Lass mich los«, flüstere ich. »Jay, du tust mir weh!«

»Ella?«, fragt er erstaunt.

Ich höre, wie mein Atem schneller geht. Ich mache alles falsch, ich mache genau, was die Ärzte mir verboten haben.

»Das gehört mir«, sage ich.

Jay sieht sich das Heft in meinen Händen an und ich sehe, dass er sich jetzt erst daran erinnert. Seine Zähne funkeln im Dunkeln. Er grinst.

»Ach ja. Das ist ja ein Ding. Ellas Tagebuch ...«

Sein Griff lockert sich und in diesem Moment ziehe ich mich los. Ich rappele mich auf und hinke, so schnell ich nur kann, zum Ausgang des Tunnels. Mein Herz klopft in meinem Kopf, ich weiß, dass ich niemals schneller bin als Jay, aber wenn ich es nur bis zum Bahnsteig schaffe, habe ich eine Chance. Dort ist es hell erleuchtet, dort sind Menschen wach, dort kann ich um Hilfe bitten.

Aber Jay kommt mir nicht nach.

Was hatte ich mir denn bloß eingebildet? Dass er für immer meine Geschichten an seine Brust pressen möchte?

Ich schaue noch einmal über die Schulter, aber im Tunnel bleibt es still.

Mühsam klettere ich wieder auf den Bahnsteig, ein scharfer Stich schießt durch mein Bein. So schnell ich kann, gehe ich an dem Eimer hinter dem Wandschirm vorbei. Überall auf dem Boden liegen Körper, Schweißgeruch wabert über den Bahnsteig, es wird geschnarcht und plötzlich kann ich nicht weiter.

Ich bekomme keine Luft mehr.

Von allen Menschen, die mein Geschichtenheft finden konnten, war es ausgerechnet Jay.

Und dann höre ich doch noch Schritte.

In aller Seelenruhe kommt er aus dem Tunnel. Mit einem einzigen Sprung steht er auf dem Bahnsteig und verschwindet hinter dem Wandschirm.

Ich kann mich noch immer nicht bewegen. Die Luft lastet schwer auf meinen Schultern. Plötzlich frage ich mich, wie tief wir hier eigentlich unter der Erde hocken. Alle verstecken sich hier, weil es sich sicher anfühlt, weit weg von den Bomben. Aber was passiert, wenn jetzt eine Bombe auf den Bahnhof fällt? Wenn alles über uns einstürzt? Dann sitzen wir in der Falle.

»Ella?«

Ich drehe mich um. Da steht er. Seine Hose ist wieder zugeknöpft.

Mit zitternden Händen streiche ich mir die Haare aus dem Gesicht. Sie fühlen sich fettig an. Ich kann mich nicht einmal mehr daran erinnern, wann ich sie zuletzt gewaschen habe.

Ich will nichts zu ihm sagen, aber das gelingt mir nicht.

»Hat Quinn es auch gelesen?«, flüstere ich. Ich halte mein Heft in die Höhe, und er schüttelt den Kopf.

Wir stehen auf dem zugigsten Stück des Bahnsteigs, nah an dem Gang zu den Rolltreppen. Hier liegen möglichst wenige Leute.

»Du darfst ihr nichts erzählen«, sage ich eindringlich. »Das ist kein Tagebuch. Es ist Unsinn. Ich habe mir das alles nur ausgedacht.«

»Ach ja?«, fragt er gelassen.

»Natürlich!« Fast fange ich an zu weinen. »Dachtest du wirklich, sie hätten Blumen und Obstkörbe gebracht? Dass meine ganze Klasse unter meinem Fenster stand und gesungen hat? Dass es auch nur irgendwo auf der Welt einen einzigen Arzt gibt, der eine Poliopatientin küsst?«

Sein Grinsen wird allmählich immer breiter. »Hast du das geschrieben?«

Vom Gang her weht ein kalter Wind durch meine Haare, ich spüre, wie das Blut aus meinem Gesicht weicht.

»Du hast es nicht gelesen?«

»*Nope*. Deine Handschrift ist einfach furchtbar. Und Schule ist ewig her. Ich habe mindestens die Hälfte der Buchstaben schon wieder vergessen.« Er fängt an zu lachen, lauter jetzt. »Mensch, ich wusste doch nicht, dass es sich lohnen würde!«

Vom Fußboden aus zischt eine Frau, wir sollen gefälligst ruhig sein, ein Mann schaut uns drohend an.

Ich sage nichts mehr.

Ich weiß, dass ich schlafen gehen sollte, aber ich kann nicht zurück zu meiner Decke. Mein Blut strömt zu schnell, die Luft ist zu schwer, ich werde verrückt, wenn ich da wieder auf diesem Betonboden liegen muss.

An der Wand neben mir steht ein Pfeil, darüber sechs Buchstaben. WAY OUT.

Ohne Jay noch eines Blickes zu würdigen, betrete ich den Gang.

10

Ich weiß nicht, wohin ich gehe, ich weiß nur, dass ich wegwill. Ich laufe durch die glänzenden Gänge voller Echos, vorbei an all den in Decken gerollten Körpern. Ein kleines Mädchen liegt ganz dicht an der Wand, damit ihre Puppe genug Platz hat in ihrem säuberlich gemachten Bettchen.

Und dann bleibe ich stehen.

Die unermesslich hohen Rolltreppen wurden angehalten und ich kann es fast nicht glauben: Auch hier schlafen Menschen. Sie hängen auf den Stufen, halb sitzend, halb liegend, sie stützen den Kopf auf eine Tasche oder einen zusammengefalteten Pullover. Männer in Anzügen, junge Frauen, die morgen früh ganz normal wieder zur Arbeit müssen.

Ich schlucke.

Hier ist kein Blut, es gibt keine Sirenen, niemand schießt. Kein Soldat ist zu sehen, kein Churchill, kein Hitler. Nichts außer ganz normalen Menschen, und genau deshalb habe ich Tränen in den Augen.

Von den drei Rolltreppen wurde eine frei gelassen für Leute, die so verrückt sind, mitten in der Nacht rauf- oder runterzuwollen.

Vorsichtig stelle ich den rechten Fuß auf die erste Stufe,

danach ziehe ich das linke Bein nach. Zweijährige gehen so die Treppe hinauf; ich werde es den Rest meines Lebens so machen müssen. Nach zwanzig Stufen bleibe ich stehen, um wieder Luft zu bekommen, nach vierzig Stufen wieder, dann nach sechzig.

Als ich endlich oben bin, glühen meine Beine. Sogar in der Halle mit den Fahrkartenschaltern schlafen Menschen. Ich lausche, ob ich Sirenen höre, ob über der Erde Bomben fallen, aber es ist still. Schnell gehe ich weiter, die letzte kurze Treppe hinauf, und dann stehe ich im Freien, auf einem zugigen Gehweg in einer tintenschwarzen Straße.

Die kalte Luft riecht noch immer nach Feuer. Am Himmel steht kein Mond, die Stadt ist vollkommen verdunkelt. Nicht der kleinste Lichtstreifen darf durch die Vorhänge scheinen, die Straßenlaternen brennen nicht, man darf auf der Straße nicht einmal eine Zigarette rauchen. Pfadfinder haben den Gehwegrand weiß gestrichen, Fußgänger müssen ein weißes Taschentuch oder einen Schal tragen, damit sie im *Blackout* nicht überfahren werden.

Die ganze Stadt hält sich penibel an alle Ratschläge, wir klammern uns an die Regeln, aber das ist den Bombern völlig egal. Von der Küste aus folgen sie einfach dem glitzernden Wasser der Themse nach London, und dann werfen sie munter eine Ladung Brandbomben auf die Stadt. So sehen die nächsten Flugzeuge genau, wo sie hinmüssen.

Ich spüre Gänsehaut auf meinen Armen, aber ich denke ja gar nicht daran, wieder reinzugehen. Alles, was heute passiert ist, wirbelt durch meinen Kopf, und plötzlich denke ich: Wenn Quinn es kann, kann ich es auch.

Ich kann mich entscheiden.

Den Rest meines Lebens werde ich hinken, das weiß ich.

Aber ich brauche nicht den Rest meines Lebens Angst zu haben.

In diesem Moment höre ich den Fliegeralarm. Irgendwo fängt eine Sirene an zu jammern und sofort folgen Dutzende andere. Es ist ein furchterregendes Heulen, das immer wieder neu anschwillt, und alle in London wissen, dass es jetzt nur noch zwölf Minuten dauert. Dann sind die ersten Flugzeuge über der Stadt und die Hölle ist wieder los.

Die Häuser halten den Atem an. Die Flakgeschütze werden in Stellung gebracht. Gleich gleiten die Suchscheinwerfer durch den Himmel.

Und ich stehe hier im Dunkeln und öffne das Heft. Ich reiße die ersten Seiten heraus und zerfleddere sie in Hunderte Stücke. Ich öffne die Hände und der Wind nimmt die Papierschnipsel mit.

So schnell ich kann, mache ich mich an die nächsten Seiten. Ich habe noch mindestens neun Minuten. Immer mehr Schnipsel werden mir aus den Händen geweht. All diese erbärmlichen Fantasien, all diese süßen Luftballons – sie verschwinden einfach so in der Nacht.

Ich mache weiter bis zur allerletzten Seite.

Und dann höre ich in der Ferne das Dröhnen von Motoren. Ganz still stehe ich auf dem schwarzen Gehweg.

Ich kann mich entscheiden.

Ich denke an jene Nacht zu Hause, als ich mich zusammen mit Robbie unter der Treppe versteckte. Als ich die Bombe pfeifen hörte, war's mir egal.

Und ich denke an die Tunnel hier tief unter der Erde. Tunnel voller Menschen, die man hört und sieht und riecht und spürt, während ich schon nicht mehr wusste, wie das geht: nicht nur mit mir allein zu sein.

Und dann entscheide ich mich.

Bevor die ersten Flugzeuge ihre Brandbomben fallen lassen, drehe ich mich um und gehe zurück nach drinnen.

11

Wie fängt man neu an?

Ich wache auf und fühle mich nicht weniger ängstlich als gestern. Jeder Muskel in meinem Körper ist steif, ich habe schon eine Woche die Übungen für mein Bein nicht gemacht.

Der Bahnsteigwärter ruft mit lauter Stimme: »*All clear!* Bitte den Bahnsteig frei machen. Verlassen Sie den Bahnhof!«

Und dann gehen wir wieder. Die Decken werden in den Karren gepackt, die Metallkiste mit unseren Ausweisen, den Lebensmittelkarten und all unserem Geld kommt ganz nach unten. Alle Welt muss baden, aber seit einer Woche werden die Badehäuser für die Toten benutzt. Sonst gibt es nicht genug Platz für alle.

»Ella! Da bist du!«

Ich schaue auf.

Quer durch die Menschenmassen hindurch bahnt sich Quinn mit ihrem Riesenkoffer einen Weg. Sofort fühlt sich die Luft weniger schwer an: Sie hat mich nicht vergessen. Ihre Bluse ist zerknittert, über ihre Wange zieht sich ein perfekter Schmutzstreifen. So sieht ein Filmstar nach der ersten Kriegsnacht aus.

»Zum Glück, du bist wieder wohlauf!« Sie kommt an meine Seite. »Ich habe dich gestern schändlich im Stich gelassen. Das tut mir leid ... Aber was war passiert? Bist du krank?«

»Ich hatte zu wenig gegessen.«

»Das ist wirklich unerhört dumm«, sagt sie munter. »Jetzt verstehe ich, warum du so mager bist.«

Sie geht neben mir durch die weißen Gänge und alle drei Schritte taucht irgendein Mann auf, der anbietet, ihren Koffer zu tragen. Jedes Mal schüttelt sie fest entschlossen den Kopf.

»Das ist eine Falle«, sagt sie zu mir. »Ein einziges Mal sagst du: ›Gern, bitte tragen Sie doch kurz meinen Koffer.‹ Und danach heißt es sofort: ›Wie schwach du bist, jetzt darfst du nicht mehr arbeiten und musst den Rest deines Lebens Kinder kriegen!‹«

Ich antworte nicht. In all den Monaten, in denen ich mich jetzt als Krüppel durch London schiebe, hat noch nie ein Mann angeboten, mir zu helfen. Denen ist lieber, ich kriege ihre Kinder nicht, also machen sie sich auch nicht die Mühe, meinen Koffer zu tragen.

Außer Atem steht Quinn auf der Rolltreppe nach oben. Ihre Wangen glühen, sie schaut, als wäre sie für jeden Kampf bereit.

»Heute suche ich mir einen Job! Stell dir nur vor, vielleicht kann ich ja Kassenmädchen werden. Oder Serviererin. Mit so einer Schürze vor ...«

»Übernachtest du dann in diesem schicken Hotel?«

»Quatsch! Ich komme heute Abend wieder hierher. Neben Jay schläft es sich formidabel. Sogar sein Schweiß riecht lecker.«

Ich möchte schreien, aber ich sage nichts. Sie braucht nicht zu wissen, dass ich gestern Nacht im Tunnel war. Dass ich mir Jay und sie endlos angeschaut habe, wie sie dort so nah nebeneinanderlagen.

Wir klettern die letzte Treppe zur Straße hinauf. Graue Tauben fliegen durch einen Himmel ohne Flugzeuge voller Bomben, ein Feuerwehrauto fährt vorbei und dann bleibt Quinn stehen.

Stocksteif steht sie da.

Menschen strömen an ihr vorbei nach draußen, aber sie merkt es nicht. Sie starrt zur gegenüberliegenden Straßenseite, zu einem Gehweg voller verstaubter Rücken, die eilig im Morgen verschwinden.

»Sebastian!«, schreit sie, so laut sie kann. Ihre Stimme überschlägt sich. »Seb, warte auf mich!«

Der Rest der Welt existiert nicht mehr. Sie lässt ihren Koffer fallen und ohne ein Wort rennt sie los. Über die Straße, auf den Gehweg, zwischen Dutzenden Leuten hindurch – und dann ist sie weg.

Und ich stehe da. Neben diesem bleischweren Koffer.

Meine Familie ist schon weitergegangen, aber Robbie rennt besorgt zurück. Kurz vor mir bleibt er stehen.

»Warum kommst du nicht?« Er schaut mich an, als wäre ich klein und er schon groß. »Fällst du wieder in Ohnmacht?«

Ich schüttele den Kopf. »Ich muss auf Quinns Koffer aufpassen. Sag einfach, ich käme gleich nach.«

Ich habe keine Ahnung, ob Quinn jemals wiederkommt. Vielleicht bin ich verrückt, dass ich auf sie warte.

»Ella …« Robbie nimmt Anlauf und springt mit einem Satz auf die riesige Briefkastensäule neben mir. »Wir können an meinem Geburtstag doch in den Zoo? Dann fallen nicht immer noch Bomben, oder?«

»Natürlich gehen wir in den Zoo«, sage ich sofort. »Das machen wir doch jedes Jahr? Und sonst gehen wir einfach zwischen den Bombardements hindurch.«

»Versprochen?« Von dem blutroten Briefkasten aus schaut er ernst auf mich herab. »Auch, wenn Papa zu müde ist und Mama zu viel zu tun hat mit all diesen Leuten ohne Haus, du gehst mit mir in den Zoo?«

Ich schlucke.

»Versprochen«, sage ich dann. Drei Wochen, das ist eine Ewigkeit, wenn jede Nacht Bomben fallen.

Robbie stellt sich hin, er breitet die Arme aus und springt dann, ohne zu zögern, herunter. Ich halte den Atem an, aber er landet auf den Füßen und rennt sofort wieder los.

»Ich sage, dass du nachkommst. Und im Zoo will ich zuallererst zu den Affen!«

Ich schaue ihm nach und mir wird kalt. Mein fröhlicher, magerer kleiner Bruder, der nie müde ist und nie krank. Er verschwindet um die Ecke und dann bin ich ganz allein.

Langsam knöpfe ich meine Wollweste zu. Die Straße liegt voller Scherben. Genau hier habe ich Seite für Seite aus meinem Geschichtenheft gerissen. Die Papierschnipsel sind längst weg. Meine Fantasien sind verschwunden.

Ich habe nichts mehr als das hier. Mein Leben.

Und dann sehe ich Quinn. Sie geht langsam. In ihren Beinen sind kein Sprungfedern mehr, und der Gehweg ist einfach aus Steinen. Erst als sie fast bei mir ist, schaut sie auf.

»Ich dachte, ich würde ihn niemals wiedersehen wollen.« Ihr Kinn zittert. »Ich dachte, er würde mir nicht fehlen.«

Ich will etwas sagen, aber sie stampft auf. »Ich will nicht, dass er mir fehlt! Dieser Mistkerl ist es nicht wert. Es ist ein Wunder, dass sie ihn nicht ins Gefängnis geworfen haben, denn da gehört er hin.«

»Wer?«, frage ich. »Sebastian?«

Sie schüttelt den Kopf. »Wir reden nicht mehr über ihn. Wir nennen seinen Namen nicht.«

»Aber gerade hast du seinen Namen geschrien! Und jetzt redest du doch auch über ihn? Wer ist Sebastian?«

Sie ist blass. »Er war mein Bruder.«

Ein Karren kommt vorbei, voll beladen mit Möbeln, die mit Kalkstaub bedeckt sind. Das Geräusch von Pferdehufen schallt durch die Straße.

»Ist er tot?«, frage ich leise.

»Für uns schon. Wir haben ihn schon über ein Jahr nicht mehr gesehen.«

»Aber gerade war er da!«, rufe ich. »Hast du mit ihm gesprochen?«

Sie schüttelt den Kopf. »Ich bin durch die halbe Stadt gerannt, aber als ich ihn endlich eingeholt hatte, war es jemand anderes ...« Fest entschlossen hebt sie ihren Koffer vom Boden. »Es gibt ihn nicht mehr. Glaub mir, das ist das Beste.«

»Du spinnst. Wie kann denn das gut sein?«

Sie presst die Lippen zu einem steifen Lächeln zusammen.

»Mach's gut, Ella. Danke, dass du auf meinen Koffer aufgepasst hast. Ich gebe mein Gepäck beim alten William ab, und dann mache ich mich auf die Suche nach einem Job.«

Ich sehe sie weggehen in ihrer viel zu weiten Hose, und fast hätte ich die Augen niedergeschlagen und wäre nach Hause gegangen. Aber dann denke ich an gestern Nacht. An die Aufregung, als mir klar wurde, dass ich nicht den Rest meines Lebens auf das Heulen der nächsten Bombe zu warten brauche. Dass ich mich entscheiden kann.

»Quinn!«, rufe ich. »Warte!«

Sie dreht sich um.

Sie weint. Nicht wie ein Filmstar, sondern wie mein fünfjähriges Nachbarsmädchen. Ihr Gesicht ist verzogen. Tränen laufen ihr über die Wangen, Schnodder glänzt auf ihrer Oberlippe.

»Komm mit mir«, rufe ich. »Du kannst deinen Koffer bei uns zu Hause abstellen. Da sind keine Läuse, und meine Mutter hat bestimmt einen Topf Haferbrei auf dem Ofen. Danach kannst du dich auf die Suche nach einem Job machen.«

Still steht sie da und sieht mich an. Sie zieht die Nase hoch, aber sie sagt nichts.

Ich gehe auf sie zu.

Als ich fast bei ihr bin, schüttelt sie plötzlich den Kopf. »Ich kann nicht so tun, als würde es Sebastian nicht geben! Ich muss ihn sehen. Hilfst du mir?«

12

»Ich dachte, du würdest dich alles trauen?«, sage ich.

Quinn ist größer als ich, sie kann hundertmal schneller rennen, sie hat schwindelerregend viel Geld. Und trotzdem fragt sie mich, ob ich ihr helfe.

»Ist dein Bruder gefährlich?« Ich spüre Gänsehaut auf meinen Armen. »Hast du Angst vor ihm?«

»Nein«, antwortet sie sofort. »Ich habe Angst vor mir selbst. Ich weiß nicht, was ich tue, wenn ich ihn wiedersehe. Was ich zu ihm sage.«

Ich denke an alle neuen Wörter, die durch ihren Kopf tanzen. Ob auch Schimpfwörter dabei sind? Stehen die eigentlich auch im Wörterbuch?

»Gut«, sage ich, »ich komme mit.« Ich ziehe die Schultern zurück. Ein Jahr lang habe ich nur auf dem Papier gelebt, jetzt will ich mehr. »Aber unter einer Bedingung. Ich muss wissen, was er getan hat.«

»Abgemacht«, sagt sie ernst. »Aber erst mal Haferbrei! In welche Richtung müssen wir?«

»Wirklich? Du willst bei uns Brei essen?«, sage ich und zeige die Straße entlang.

»Gerne.«

Sie geht los, und bevor ich auch nur ein kleines bisschen wieder zu Atem gelangen kann, steht sie in unserer Küche.

Vielleicht war das doch keine so gute Idee.

Unsere Küche ist halb im Keller. Die kleinen Fenster sind beschlagen, es riecht dort immer muffig. Meine Mutter rührt in einem großen Topf Haferbrei und plötzlich sehe ich, wie grau sie schon ist. Ich schaue zu unserem schmalen Tisch mit der verschlissenen Plastiktischdecke, sehe die Tülle der Teekanne, die immer tropft, die Hemden und Strümpfe, die in der Ecke zum Trocknen hängen.

»Ich möchte mir gern die Hände waschen«, sagt Quinn leise zu mir.

»Da ist der Wasserhahn.« Ich zeige auf das Spülbecken.

»Im Badezimmer, meine ich.«

»Wir haben kein Badezimmer. Wir waschen uns hier in der Küche.«

»Aber ...« Sie flüstert jetzt. »Ich *muss mal.*«

»Oh, natürlich.« Ich gehe vor ihr her über die knarrende Treppe, öffne die Hintertür und zeige auf die gegenüberliegende Seite des winzigen Innenhofs. »Das hier teilen wir uns mit den Leuten über uns. Rechts ist der Kohlenschuppen, links das Klo. Es müssten eigentlich noch Zeitungen am Haken hängen.«

»Zum Lesen?«, fragt sie erstaunt.

Hinter meinem Rücken höre ich Robbie. »Um dir den Hintern abzuwischen, natürlich!«

Ich fange an zu kichern, aber Quinn schaut besorgt.

»Ella, seid ihr sehr arm? Habt ihr denn genug Brei für mich?«

»Wir sind nicht arm«, sage ich. »Wir haben drei Zimmer

ohne Ratten, wir gehen nicht barfuß und Vater hat eine feste Arbeit, beeil dich, wir essen gleich.«

»Nun erzähl schon!«

Wir gehen gemeinsam über die Straße und ich bin wieder das Mädchen von gestern Nachmittag: Ich fühle mich neu. »Was hat Sebastian getan, wo ist er jetzt und was machen wir?«

Mutter ist gleich nach dem Frühstück zu den anderen Frauen vom Freiwilligenkomitee gegangen, sie glaubt bestimmt, ich würde den ganzen Morgen zu Hause bleiben. Um zwei Uhr muss ich meine Tante in der Schlange vor der U-Bahn ablösen – dieses Mal aber wirklich. Doch bis dahin können wir machen, was wir wollen.

Wir könnten uns zum Beispiel auf die Suche nach dem verstoßenen Sohn machen, dessen Name nicht mehr genannt werden darf.

Quinn trägt jetzt ein grünes Kleid mit Puffärmeln und weißem Gürtel. In meinem Zimmer stand ich mit offenem Mund da, als sie ihre Handtasche über ihrem Koffer ausschüttete. Goldene Armbänder fielen rasselnd auf ihre Kleider, Ohrringe mit matt glänzenden Perlen, eine Kette mit tiefblauen Saphiren, eine wunderbare Tiara voller Diamanten.

»Gehört das alles dir?«, flüsterte ich.

»Mehr oder weniger.«

»Mehr oder weniger?«

»Na ja, ich bin die Jüngste. Also gehört alles, was jetzt meiner Mutter, Augusta, Violet und Cecilia gehört, später sowieso mir.«

Dazu würde mir viel einfallen, aber ich hielt lieber den Mund. Quinn warf einen Goldring und zwei Ohrringe mit kleinen

Rubinen in ihre Handtasche, klappte den Koffer zu und schob ihn unter mein Bett.

Ich zog die Augenbrauen zusammen. »Ist das hier wirklich das beste Versteck?«

»Ideal, glaube ich. Keiner wird eure drei Zimmer ohne Ratten durchsuchen, oder? Oder meinst du, meine Juwelen sind neben Jay sicherer?«

Und jetzt gehen wir also gemeinsam durch London, durch Straßen, die ich schon mein ganzes Leben lang kenne, aber die sich plötzlich anfühlen, als würden sie sich lohnen. Die Sonne scheint ausgelassen, der Sommer ist gerade erst vorbei.

»Und jetzt erzähl«, wiederhole ich. »Gleich stehen wir zusammen vor Sebastian und ich habe keine Ahnung, was los ist.«

Quinn seufzt. »Du hast ganz falsche Vorstellungen. Du denkst an ein superromantisches Geheimnis mit einem Graf und einem Landgut. Gib's nur zu! Was glaubst du denn, was er gemacht hat?«

»Euer gesamtes Vermögen verspielt, ein Mädchen geschwängert oder jemanden ermordet«, sage ich sofort.

Sie lacht los. »Himmel noch mal! Du solltest einen Roman schreiben.«

»Das will ich auch.« Ich habe es noch nie laut gesagt.

»Wirklich? Du willst Schriftstellerin werden?«

Ich nicke. »Natürlich wird das nicht klappen, aber ich will es schon.«

Quinn schiebt sich zwei Finger in den Mund, und bevor ich weiß, was geschieht, hält schon wieder ein Taxi vor uns an.

»Warum sollte das nicht klappen?«, fragt sie, während wir

einsteigen. »Dazu brauchst du keinen Tennisplatz oder Diamanten. Einen Stift und Papier, das ist alles. Und Ideen. Na ja, die hast du reichlich.« Sie schaut zu dem Taxifahrer. »Wären Sie so gut, uns zur Royal Albert Hall zu bringen? Danke vielmals.«

Mit einem kräftigen Ruck zieht sie das kleine Fenster zwischen dem Fahrer und dem Rücksitz zu, und dann dreht sie sich zu mir. »Was weißt du über Politik?«

»Na ja, äh ... Ich weiß, dass Krieg ist.«

Ich höre selbst, wie dumm das klingt, aber ich bin mit meinen Gedanken noch ganz woanders. Ich habe ihr erzählt, dass ich schreiben will. Und sie hat mich nicht ausgelacht.

»Bestimmt weißt du, wer Sir Oswald Mosley ist«, sagt Quinn, während wir Richtung Westen fahren. Weg von den bettelarmen Vierteln in Richtung des reichen, eleganten Londons.

»Das ist ein Politiker, oder?« Und dann seufze ich. »Ich habe wirklich nicht die geringste Ahnung. Ich bin gerade ein Jahr lang krank gewesen. Davor hatte ich einen Geheimclub. Der hieß *Mädchen, die auf Bäume klettern*, und Robbie und ich haben versucht, dem Hund vom Bäcker Kunststücke beizubringen. Viel mehr war da nicht.«

»Das klingt wunderbar«, sagt Quinn. Aber dann wird sie ernst. »Oswald Mosley wurde vor vier Monaten ins Gefängnis geworfen, weil er ein Faschist ist. Ein echter. Vor ein paar Jahren war Hitler Ehrengast auf seiner Hochzeit. Das sagt ja wohl genug.«

»Ist er ein Deutscher?«

Sie schüttelt den Kopf. »Engländer. Anführer der *British Union of Fascists* und ein dreckiger Verräter. Er war der Ansicht, wir sollten Hitler einfach in ganz Europa gewähren lassen. Hitler sollte ruhig Polen besetzen, die Niederlande, Belgien, Frankreich – solange er nur England in Ruhe ließe.«

Ich will zuhören, aber um unser Taxi herum braust London. Hellbraune und weiße und mattrote Gebäude fliegen vorbei, voller Steindekorationen und märchenhafter Türmchen.

An den Fassaden hängen riesige Werbetafeln für Regenjacken und *Jacob's cream crackers*, vor einer Metzgerei steht eine lange Menschenschlange. Und dann, plötzlich, ist da wieder ein Loch in der Häuserreihe. Die Wände enden in schwarz versengten Zackenrändern, die Straße ist noch nass vom Löschwasser.

»Hörst du, was ich sage?«, fragt Quinn ungeduldig. »Dieser Mistkerl von einem Mosley wollte mit Hitler gemeinsame Sache machen. Wenn Hitler uns in Ruhe ließe, würden wir Hitler in Ruhe lassen. Nicht, weil Mosley so friedfertig wäre, im Gegenteil. Er hatte seinen eigenen Schlägertrupp, der für ihn kämpfte.«

»Einen Schlägertrupp?«, frage ich. »Hier in England?«

»Ja, die Schwarzhemden. Seine eigene Privatarmee aus Pimmeln in Uniform. Mosley glaubte nicht so an Demokratie. Wenn Leute nicht auf ihn hören wollten, dann sollten sie es eben fühlen. Er hatte die Schwarzhemden, um seine Gegner zusammenzuschlagen. Juden und Kommunisten und alle, die nicht seiner Meinung waren. Aber Sebastian ...«

Sie verstummt.

Endlich schaue ich nicht mehr nach draußen. Ich sehe ihr Gesicht und mein Herz fängt schneller zu schlagen an.

»Sebastian«, sagt Quinn, »war völlig mit ihm einverstanden.«

»Mit Mosley?«, frage ich. »Mit diesem Freund von Hitler?« Ich kann es nicht glauben. »Dein Bruder ist ein Faschist?«

Sie nickt.

»Und wir sind jetzt auf dem Weg zu ihm?«

»Ja. Er studiert hier und er wohnt um die Ecke der Royal Albert Hall. Bist du da zufällig mal gewesen, bei einem Konzert?«

»Zufällig«, antworte ich, »geben wir unser gesamtes Geld für drei Zimmer ohne Ratten aus.«

Schweigend fahren wir weiter.

Ich traue mich nicht mehr, zu Quinn zu schauen. Ich dachte, sie hätte alles. Glänzende Lippen und Diamanten, und der Rest der Welt könnte ihr egal sein. Wenn man neben ihr hergeht, vibriert die Luft.

Aber sie hat dazu auch einen Bruder, der ein Verräter ist.

Ich versuche mir vorzustellen, dass Robbie so etwas Widerliches tun würde. Etwas, wodurch ich ihn nie wieder sehen will. Etwas, wodurch man sogar das Blut hasst, das durch seine Adern fließt.

Ich stelle es mir vor und spüre einen Abgrund, so tief wie die Tunnel unter dieser Stadt.

Wird Quinn auch schwindlig, wenn sie an ihren Bruder denkt? Ich kann sie nicht fragen. Das Taxi fährt zu schnell, wir sind schon fast da. Die Straßen werden immer breiter, die Gebäude noch stattlicher, und dann fahren wir am Hyde Park entlang.

»Der Rasen sieht ja furchtbar aus!«, sagt Quinn schockiert. »Was für ein Schlachtfeld. Werden die Parks hier denn nicht mehr unterhalten?«

»Sie haben Gräben in die Rasenflächen gebuddelt«, sage ich kurz angebunden. »Da liegen Metallplatten drüber, und jetzt sind es Schutzkeller.«

»Ist das dein Ernst?«, fragt sie. »Gibt es wirklich Menschen, die sich in diesen Gräben verstecken? Jeden Abend? Die ganze Nacht über?«

Ich nicke.

»Mein Gott«, sagt Quinn. »Ich habe so eine verdammte Lust, Sebastian zusammenzuschlagen.«

13

Sebastian sieht überhaupt nicht aus wie ein Nazi.

Er trägt einen grünen Pyjama und einen knallroten Morgenmantel. Seine Haare sind gekämmt, er hält eine Zigarette in der Hand und sein Lachen erobert Herzen.

Er schubst die Tür weit auf, damit wir sein gesamtes Zimmer sehen können. Darin stehen zwei uralte Ledersessel, ein Wandschirm mit einem Kirschblütenmotiv und auf einem kleinen Tisch am offenen Fenster spielt ein Grammophon. Die Musik ist berauschend – eine swingende Trompete zeigt den Weg, alle anderen Instrumente folgen.

Wir haben ihn gefunden.

Das Taxi brachte uns zur Royal Albert Hall, und sobald wir eine Runde um die gigantische, tortenförmige Konzerthalle gedreht hatten, wusste Quinn, wo wir hinmussten.

»Da um die Ecke wohnen die Studenten!«, rief sie. »Letzten Sommer haben wir es uns mal angeschaut. Bevor Sebastian zum Studieren herkam. Als er noch mein Bruder war…«

Fast hätte der Pförtner uns nicht reingelassen, aber Quinn zeigte ihren Ausweis vor, damit er sehen konnte, dass sie wirklich zur Familie gehörte und nicht irgendein Mädchen war, das gern von einem Lord schwanger werden wollte.

Wer ich war, tat nichts zu Sache. In meinem alten verschlissenen Kleid und mit meinem Hinkebein betrat ich eine andere Welt. Um einen quadratischen Innenhof voller Pflanzen herum erhob sich ein beeindruckendes rotbraunes Gebäude, und zum ersten Mal in meinem Leben sah ich echte Studenten. Sie trugen teure Anzüge mit gestreiften Krawatten und glänzend geputzte Schuhe. Ein lachendes Grüppchen saß in Strandstühlen auf dem Rasen und hinter einem offenen Fenster ertönte Musik, die machte, dass ich tanzen wollte.

Das war also seine Musik. Von diesem Faschisten.

Und jetzt stehen wir ihm gegenüber.

»Quintana!«, ruft Sebastian. »Quinn, du bist gekommen…«

Er lacht breit, in seinen Wangen erscheinen Grübchen und er öffnet die Arme weit.

Aber Quinn fällt ihm nicht um den Hals. Sie steht neben mir auf der Türschwelle und ihre Augen sind fast schwarz.

Sie holt tief Luft und geht dann an Sebastian vorbei ins Zimmer. Wortlos zieht sie das Fenster zu und hebt die Nadel von der Grammophonplatte.

In dem totenstillen Zimmer sieht sie ihrem Bruder fest in die Augen.

»Ich hoffe, dass du es spürst«, sagt sie leise. Sie ballt die Fäuste. »Jede Bombe, die fällt. Jedes Haus, das einstürzt, jedes Kind, das verbrennt oder unter dem Schutt begraben wird…«

»Was?« Die Grübchen in seinen Wangen verschwinden.

»*Ich* jedenfalls spüre es.« Sie hat Tränen in den Augen. »Wie ich Leute beneide, die Hitler einfach verfluchen können, ohne jedes Mal denken zu müssen, dass ihr eigener Bruder auch ein Faschist ist.«

»Das reicht«, sagt Sebastian.

Aber Quinn lässt sich nicht aufhalten.

»Ich dachte, ich würde dich kennen! Von allen in unserer idiotischen Familie warst du der Einzige, der mich verstanden hat. Wir beide gegen den Rest – und dann bist du plötzlich ein Nazi geworden!«

Sebastian drückt verärgert seine Zigarette aus. »Darf ich auch mal was sagen?«

»Nein!«, schreit sie. »Ich glaube dir sowieso nicht, wenn du sagst, das Mosley kein Faschist ist. Sogar die Regierung ist meiner Meinung – darum haben sie diesen Verräter ja endlich ins Gefängnis geworfen. Ich verstehe bloß nicht, warum du hier noch immer studieren darfst. Ich wollte so einen miesen Überläufer nicht in meiner Klasse haben!«

Mit zwei Schritten ist Sebastian bei Quinn. Er legt ihr die Hände auf die Schultern und sofort fängt sie an, ihn zu schlagen. Ohne etwas zu sagen, hält er ihre Handgelenke fest.

»Lass sie los!«, rufe ich.

Ich stehe dicht neben der Tür, den Rücken gegen die Wand. Sie ignorieren mich einfach.

»Hör zu.« Sebastian ist kaum größer als seine Schwester und schmächtig. Aber er ist stärker als sie. »Ich war beeindruckt von Mosley, das gebe ich zu. Dieser Mann ist ein irre guter Redner. Ja, also war ich interessiert. Aber ihr seid völlig durchgedreht, als ich zu diesem Treffen gehen wollte.«

»Findest du das seltsam?«, sagt Quinn wütend. »Die größte Zusammenkunft von Faschisten, die jemals in England abgehalten wurde, und da wolltest du hin!«

»Ihr seid durchgedreht«, wiederholt er. »Nicht nur Papa und

Mama, sondern auch Gussie und Vi und Cee und du. Ihr habt so getan, als sei ich der Teufel in Person. Als wäre alles, was ich neunzehn Jahre lang gedacht und getan habe, einfach ausgelöscht. Also bin ich hingegangen.« Er seufzt. »Aber das war zugleich das letzte Mal, dass ich Mosley gesehen habe. Er ist ein umwerfend guter Redner, aber er ist tatsächlich ein Schweinehund. Und ein Faschist. Und das bin ich nicht.«

Er lässt ihre Handgelenke los, zupft seinen Morgenmantel zurecht und zündet sich eine neue Zigarette an.

Ich warte darauf, dass Quinn erleichtert anfängt zu lachen. Aber das passiert nicht.

Sie runzelt die Stirn. »Du hattest also gar nichts mit Mosley zu tun?« Ihre Stimme ist leise. »Du bist bereit, gegen die Nazis zu kämpfen?«

»Absolut.«

»Und die ganze Zeit hast du es nicht für nötig gehalten, uns das zu sagen? Wir dachten, du seist ein Verräter! *Ich* dachte, du seist ein Verräter. Du hättest mir einen Brief schicken können. Du hättest es erklären können – wenigstens mir ...«

Er bläst eine große Rauchwolke aus und streicht sich unsicher durch die Haare. Und dann seufzt er. »Ich brauche dir wohl kaum zu erzählen, wie es bei uns zu Hause ist. Ich musste weg da.«

»Und was ist mit mir?«

»Du warst ein Kollateralschaden.«

Sie tritt einen Schritt zurück und ich denke an den Hafen, der jede Nacht bombardiert wird. Hitler will, dass in London keine Vorräte mehr ankommen, darum soll der Hafen in Grund und Boden bombardiert werden. Dass genau daneben Tausende

Arbeiter mit ihren Familien in winzigen Häusern wohnen, das ist einfach Pech. Kollateralschaden. In jedem Krieg fallen Opfer, die nicht geplant waren.

In Familien funktioniert das offensichtlich genauso.

»Ich weiß, dass unsere Eltern keine Monster sind«, sagt Sebastian. »Sie sind Steine. Felsen, die es schon seit Beginn der Welt gibt. Tritt man gegen sie, verändert sich nichts. Man behält nur einen gebrochenen Zeh zurück. Nach dem, was letztes Jahr passiert ist, habe ich das endlich begriffen. Sie lieben einen nur, wenn man genauso ist wie sie.«

»Also hast du dich gerettet«, sagt Quinn. »Und mich hast du zurückgelassen.«

Er antwortet nicht. Sein Gesicht ist starr.

Ich denke an die swingende Trompete, die den Weg zeigt, und wollte, ich könnte diese Musik noch einmal hören. Aber ich weiß, dass wir hier fertig sind.

»Oh well«, sagt Quinn mit ihrer perfekten Radiostimme. »Dann hatte ich also doch die ganze Zeit recht. Du bist tatsächlich ein Mistkerl.« Sie zieht die Schultern zurück. »Ein Verräter.« Sie reckt ihr Kinn in die Luft. »Und ein Feigling.«

Erhobenen Hauptes geht sie zur Tür. »Komm, Ella. Wir gehen.«

Zum ersten Mal schaut Sebastian zu mir. Seine Augen sind genauso dunkel wie Quinns, sein Gesicht ist blass. Ich sehe, dass er kaputtgeht, aber er ist zu gut erzogen, sich das anmerken zu lassen.

Ich winke ungeschickt. »Hallo, ich bin Ella. Ähm – auf Wiedersehen.«

14

Wir gehen durch den sonnigen Innenhof, mit jedem Schritt entfernen wir uns weiter von Sebastian. Ich gehöre nicht hierher, so viel steht fest. Meine Familie spricht schon immer Dialekt, wir sind kaum zur Schule gegangen, wir sind schon immer zu arm, um den ganzen Tag in einem Strandstuhl zu lachen, und trotzdem bin ich mir sicher: Ich komme hierher zurück.

Ich muss Sebastian noch einmal sehen.

Quinn geht neben mir. Kerzengerade. In diesem Moment gibt es keinen Zweifel: Sie ist Teil dieser Familie aus Stein. In meinem Kopf höre ich sie rufen: *Von allen in unserer idiotischen Familie bist du der Einzige, der mich verstanden hat. Wir beide gegen den Rest* – und ich schüttele mich.

Vor zwei Tagen stand ich in der Schlange vor der U-Bahn. Jay schaute mich an, und ganz kurz dachte ich, er würde es sehen. Wer ich bin, wenn man mein Bein und meine schlammfarbenen Haare vergisst. Ganz kurz dachte ich, er würde mich verstehen. Und in diesem einen Augenblick fühlte sich die Welt etwas leichter an.

Quinn hat das also wirklich. Es gibt jemanden, der sie versteht. Und trotzdem schreit sie ihn an, während die Stadt jeden Moment einstürzen kann und keiner weiß, wer morgen noch lebt.

Ich sage nichts, aber mein Entschluss steht fest: Die beiden müssen sich wieder versöhnen.

Kurz bevor wir den Innenhof verlassen, höre ich wieder Musik. Aus dem offenen Fenster ertönt eine glasklare Frauenstimme. Federleicht schweben ihre Worte über den lachenden Studenten:

Somewhere over the rainbow, way up high,
There's a land that I heard of, once in a lullaby…

Während wir weggehen, lausche ich immer noch diesem Lied, so lange, bis die hupenden Doppeldecker und die bimmelnden Feuerwehrwagen und die schreienden Zeitungsverkäufer jede Melodie übertönen.

Die ganze Fahrt nach Hause schweigt Quinn. Ich möchte so gern wissen, was *Ich brauche dir wohl kaum zu erzählen, wie es bei uns zu Hause ist* bedeutet, aber ich traue mich nicht zu fragen.

Was ist so schrecklich auf diesem Landgut, dessen Namen sie für sich behalten? Was kann so schlimm sein, dass Sebastian vor einem Jahr dort wegmusste und Quinn diese Woche? Ist es unerträglich, Pferde und einen Tennisplatz und einen Butler zu haben?

Erst als das Taxi bei mir zu Hause anhält, sagt Quinn knapp: »Leg du dich noch eine Stunde hin. Ich muss ein paar Sachen besorgen.«

»Ich will nicht schlafen! Ich bin überhaupt nicht müde.«

»Du bist erschöpft«, sagt sie ganz ruhig. »Hast du vergangene Nacht überhaupt ein Auge zugemacht?«

Sie sieht mich an und ihr Gesicht ist nicht mehr aus Stein. Plötzlich muss ich fast weinen.

»Ich werde noch verrückt auf diesem Bahnsteig. Wirklich. Völlig verrückt.«

»Warum?«

Ich zögere. Sie weiß noch nichts von meiner Krankheit, sie hat bloß mein Bein gesehen.

»Letztes Jahr musste ich in Quarantäne. Sehr lange – das ging nicht anders. Ich bin gesund geworden, aber jetzt stimmt offenbar etwas mit meinem Gehirn nicht.«

»Ach ja?«

Ich nicke. »Ganz normale Leute fühlen sich bedrohlich an. Auch, wenn sie nichts Schlimmes machen. Sie atmen, das reicht schon. Und das machen sie da auf dem Bahnsteig die ganze Zeit. Und das Licht hört nicht auf zu flackern und da sind rumfummelnde Pärchen und pinkelnde Greise und immer wieder diese Züge …«

»Und über der Erde fallen Bomben«, sagt Quinn, »und die machen dich vielleicht nicht verrückt, aber schon platt.«

Ich erwarte, dass sie lacht, aber sie bleibt ernst. Sie öffnet ihre Handtasche und hält die Ohrringe hoch. Die kleinen Rubine funkeln wie frische Blutstropfen.

»Ich verkaufe diese hier, dann habe ich wieder für eine Weile Geld. Und dann kaufe ich heute Abend einen Platz für dich im Tunnel. Da es ist dunkel und still und niemand geht vorbei. Da kannst du schlafen.«

Ich starre sie an. »Du willst, dass ich heute Nacht im Tunnel schlafe?«

Sie nickt.

»Bei Jay und dir? Und dafür bezahlst du ihn?«

»Klar. Wenn ein charmanter Typ bereit ist, Schlafplätze für uns zu reservieren, nutze ich das Angebot gern.«

Den Rest des Tages bin ich außer Atem. Ich weiß, dass Quinn mich nicht zwingen kann, mit in den Tunnel zu kommen. Ich weiß auch, dass meine Mutter das nie erlauben wird.

Aber während ich im Bett liege und versuche, noch kurz zu schlafen, denke ich manchmal ein paar Sekunden lang: Ich mache es. Ich will da im Dunkeln neben Quinn und Jay liegen, Hunderte Meter weg von meiner Familie. Weg vom Licht, weg von den lärmenden Sardinenreihen. Ich will in einem Tunnel liegen, der nach Jays Schweiß riecht.

Aber dann spüre ich diesen anderen Tunnel wieder. Ich erinnere mich an die Panik, als ich aufwachte und mein Körper nicht mehr mir gehörte. Eine Maschine regierte über mich: Mein Kopf ragte heraus, aber mein Körper war völlig unerreichbar.

Vor diesen Wochen im Krankenhaus war mein Körper einfach ein Werkzeug: Ich konnte damit rennen und klettern und seilspringen und mit Dosen kicken. Ich dachte nie darüber nach, wie alles zusammenhing, wie jedes einzelne Teil funktionierte.

Aber jetzt tue ich das. Ich liege im Bett und streiche langsam mit den Fingern über meine Haut. Die Haut an meinen Armen, meinen Oberschenkeln, meinem Bauch ... Es fing an, als ich aus dem Krankenhaus zurückkam, als ich immer wieder kontrollieren musste, ob mein Körper noch funktionierte. Ob ich alles bewegen konnte und überall Gefühl hatte.

Und jetzt, wo ich nichts mehr zu kontrollieren brauche,

mache ich es noch immer. Ich streiche mit den Fingern über meine Haut und ich weiß, dass ich damit aufhören sollte, aber es gelingt mir nicht.

Nicht in tausend Jahren hätte ich gedacht, dass es geschehen würde, aber Quinn schafft es: Meine Mutter erlaubt, dass ich im Tunnel schlafe. Ohne dass ich auch nur ein einziges Wort zum Gespräch beitrage, entscheiden sie das. Sie reden über mich, als wäre ich noch immer eine Patientin. Ein Treibhauspflänzchen, das auf einem hell erleuchteten, überfüllten, lärmigen Bahnsteig verwelkt.

Ich widerspreche ihnen nicht. Ich lass es geschehen, während ich spüre, dass mein Atem immer flacher wird.

Erst essen wir noch mit meiner Familie. Es ist ein Festmahl, denn Quinn hat wirklich ein paar Sachen besorgt: Es gibt Trockenpflaumen und Rosinenkekse, und aus ihrer Handtasche zieht sie eine Dose *corned beef*, als Sandwichbelag.

Und dann ist es an der Zeit, zum Tunnel zu gehen. Quinn hat eine dunkelblaue Decke gekauft, ich nehme meine karierte Tagesdecke mit. Robbie ist wütend, weil er nicht mitdarf, aber meine Mutter ist unerbittlich: Er muss sich neben sie legen.

»Weiß Jay, dass ich komme?«, flüstere ich, während wir uns einen Weg durch die Menschenmenge bahnen.

Quinn schüttelt den Kopf. »Ich habe ihn heute Morgen zuletzt gesehen. Da habe ich zwei Plätze für mich reserviert – ich hatte keine Lust auf einen Fremden neben mir. Da kannst du dich gleich hinlegen.«

Der proppenvolle Bahnsteig sieht jetzt aus wie ein ärmliches Wohnzimmer. Die Leute haben alles Mögliche für die Nacht mitgeschleppt: Hocker und Teekannen und Pantoffeln und Schachbretter. Ein Mann mit einer Mundharmonika spielt immer wieder »London Bridge is falling down«, drei Babys wollen herausfinden, wer am lautesten weinen kann, die warme, stickige Luft riecht nach Bier.

Wir kommen dem Tunnel immer näher, und ich weiß nicht, wovor ich mehr Angst habe: vor diesem gähnenden schwarzen Loch oder davor, Jay wiederzusehen.

Ganz kurz hoffe ich noch, dass er eine Enttäuschung wird.

Aber das ist er nicht.

Die einzige Enttäuschung bin ich. Ich sehe es an seinem Blick. Er hat auf Quinn gewartet.

Auf Quinn *allein.*

»Was macht sie hier?«, fragt er sofort. Er zeigt auf mich, ohne mich anzusehen.

»Schutz suchen«, sagt Quinn munter. »Leider fallen da oben ziemlich viele Bomben.« Sie legt ihre Decke hin und setzt sich neben ihn. »Ich zahle für uns beide. Und der zweite Platz war zufällig noch frei …«

Sie hält ein Sandwich mit Corned Beef hoch, das sie extra für ihn aufgehoben hat, und er reißt es ihr fast aus den Händen. Während ich reglos stehen bleibe, isst er mit großen, gierigen Bissen. Schmatzend wie ein ausgehungerter Straßenhund.

»An deiner Stelle«, sagt Quinn, »würde ich mir dein Geschäftsmodell noch mal genauer ansehen. Wie kannst du dermaßen hungrig sein, wenn du jeden Tag Geld verdienst? Wo bleibt das alles?«

»Geht dich nichts an.« Er stopft sich das letzte Stückchen Brot in den Mund und leckt sich die Finger ab.

Ich will etwas sagen, aber es geht nicht. Mein Hinterkopf kribbelt, Nadeln piksen in meinen Nacken.

»Ella?«, sagt Quinn. »Möchtest du …«

Der Tunnel wird diesig. Ich schwanke.

»Pass auf!«, ruft sie.

Bevor ich fallen kann, steht Jay neben mir. Ich spüre seinen Arm um meine Taille, die düsteren Wände kreisen um uns. Gemeinsam sinken wir zu Boden, aber ich tue mir nicht weh, weil er mich festhält.

»Kopf zwischen die Knie«, befiehlt er.

Ich mache es und spüre sofort, wie das Blut zurückströmt in mein Gehirn, während sein Arm noch immer um meine Taille liegt.

Still bleibe ich sitzen.

Er schmatzt wie ein ausgehungerter Straßenhund, sage ich zu mir selbst.

Seine Kleidung ist dreckig, an seinen Muskeln sieht man, dass er den ganzen Tag nichts anderes tut als einfach nur schleppen und schuften.

Er hat die Hälfte der Buchstaben des Alphabets wieder vergessen.

Aber wenn ich ganz, ganz still hier sitzen bleibe, macht er das ja vielleicht auch.

15

»Das ist keine gute Idee, Ella.« Quinns Stimme dringt aus der Ferne zu mir. »Wenn du krank bist, schläfst du natürlich besser bei deiner Familie.«

Ich schaue auf, und sofort springt Jay hoch. Schweigend setzt er sich wieder neben Quinn.

»Ich bin nicht krank.«

»Bist du wohl.« Sie senkt die Stimme. »Gleich müssen wir noch einen Arzt holen, und dann kommt natürlich auch die Polizei. Und dann bin ich dran!«

»Und ich auch«, sagt Jay sofort. »Tja, das wäre dann also geklärt. Ella muss weg.« Er schaut interessiert zu Quinn. »Wirst du gesucht?«

Sie seufzt. »Vielleicht. Das hängt davon ab, ob sie mich zu Hause noch zurückhaben wollen. Oder ob meine Mutter plötzlich ihre Tiara polieren will ...«

»Ich bin nicht krank«, rufe ich, »ich habe Angst!«

Im Dämmerlicht starren sie mich an. Sie sind schockiert. Alle haben Angst, aber das sagt man nicht. Man bleibt ruhig, beißt die Zähne zusammen und macht weiter. Jeden Tag wieder. So lange, bis Hitler besiegt ist.

Aber ich kann nicht länger schweigen. Ich muss es erzählen.

»Vor einem Jahr wurde ich krank.« Meine Stimme zittert, aber ich rede weiter. »Es fing mit stechendem Kopfweh an, danach kam das Fieber. Und als ich am nächsten Morgen aufwachte, war mein Bein gelähmt.«

»Polio«, sagt Quinn sofort.

Wir kennen alle diese Krankheiten, die man niemals bekommen möchte: Tuberkulose. Diphtherie. Masern. Lungenentzündung. Polio.

Wir kennen alle Familien, in denen Löcher klaffen. Familien, in denen ein Bruder oder eine Schwester fehlt. Babys, die nicht älter als ein Jahr geworden sind.

»Ja«, sage ich. »Polio. Sie haben mich ins Krankenhaus gebracht, aber die Lähmung wurde immer schlimmer. Als ich nicht mehr atmen konnte, haben sie mich in eine Eiserne Lunge gesteckt.«

In der Ferne höre ich ein Dröhnen. Der Boden unter meinen Händen zittert.

»Eine Eiserne Lunge?«, fragt Jay. »Was um Himmels willen ist das?«

»Eine Maschine.« Ich schlucke. »Ein Tunnel, der für einen atmet.«

Quinn und Jay sind die Einzigen, die mich hören.

Nebeneinander lehnen sie sich mit dem Rücken gegen die Wand, ich sitze ihnen gegenüber. Links von mir endet der Tunnel. Da haben sie vor Monaten aufgehört zu graben und es ist dunkel und still. Rechts von mir liegt eine lange Reihe Menschen zwischen den harten Eisenrippen, aber sie hören uns nicht zu. Wir drei haben dieses kleine Stückchen unterirdische Welt für uns.

»Eine Eiserne Lunge ist ein Rohr auf Beinen«, sage ich leise. »Es besteht aus zwei Teilen und ist so lang wie ein erwachsener Mann. Man wird auf einer Trage hineingeschoben, und dann wird das Rohr zugeklappt. Dein Körper liegt darin, nur der Kopf ragt heraus. Um den Hals herum ist Gummi, denn alles muss luftdicht abgeschlossen sein.«

Ich traue mich nicht, Jay anzuschauen, ich schaue nur zu Quinn. Aber ich weiß, dass er auch zuhört.

»Ein riesiger Blasebalg pumpt Luft in die Röhre, damit deine Lunge leer gedrückt wird. Danach saugt der Blasebalg wieder alle Luft weg, und dann füllt sich deine Lunge wieder. So bekommt man Atem, ohne zu atmen.«

»Fühlt sich das nicht seltsam an?«, fragt Quinn.

»Geisterhaft. Als würde dein Körper nicht mehr dir gehören.«

Im Kopf höre ich das rhythmische Ächzen des Blasebalgs wieder. Es war ohrenbetäubend, aber ich hatte trotzdem Todesangst, dass es aufhören würde. Wenn der Strom ausfiel, würde ich in dem Tunnel ersticken.

»Wie hast du das ausgehalten?«, flüstert Quinn.

»*Gar nicht.* Das merkst du doch? Ich falle noch immer in Ohnmacht, wenn ich daran denke ...« Ich räuspere mich. »Man liegt da und wartet, flach auf dem Rücken. Manche Leute sterben in dem Tunnel. Andere können nie wieder von selbst atmen. Die müssen für immer in der Eisernen Lunge bleiben.«

»Mein Gott. Ihr ganzes Leben lang?«

»Das weiß niemand. Es gibt diese Maschinen noch nicht so lange. Niemand hat bisher die Zeit gehabt, in dieser Lunge alt zu werden.«

Die ganze Zeit schaue ich nicht zu Jays Gesicht. Ich sehe nur die schwarzen Kappen seiner klobigen, abgetragenen Arbeitsschuhe. Ich höre ihn etwas zu schnell atmen.

Und ich rede und rede, denn ich will, dass er weiß, wie es war.

Ich will, dass dieser Mistkerl nie mehr sein Bein verdreht und tut, als würde er hinken.

»Waren deine Eltern dabei?«, fragt Quinn. »Da im Krankenhaus?«

»Nein. Denn vielleicht hatte ich sie ja angesteckt, also mussten sie zusammen mit Robbie in Quarantäne. Zwei Wochen lang durften sie das Haus nicht verlassen. Meine Tante hat jeden Tag eine Tasche mit Essen vor die Tür gestellt. Und ich …«

Ich stoppe.

»Was?«

»Ich lag da und hatte Angst, ich würde sterben, ohne sie noch mal zu sehen.«

Plötzlich macht Jay eine Bewegung. »So, jetzt wissen wir genug!« Geräuschvoll zieht er die Nase hoch. »Alles ist doch wieder gut, oder? Du atmest wieder, du humpelst ein bisschen. Bloß wenn du einen Tunnel siehst, kippst du aus den Latschen.«

Quinn versetzt ihm einen Stoß. »Halt den Mund! Ella erzählt uns eine grauenhafte Geschichte. Da kannst du doch …«

»Das findest du grauenhaft?«, unterbricht er sie. »Wirklich?« Er klingt wütend. »Sie hatte Polio, sie bekam die allermodernste Behandlung, wer auch immer das bezahlt hat, vielleicht irgendein Wohltätigkeitsfonds reicher Idioten, und so hat sie es überlebt. Mann, ich wollte, alles Elend in der Welt wäre so übersichtlich.«

Absolut reglos sitze ich da. Ich klammere die Hand um die Eisenrippe neben mir.

»Du bist ein Schuft«, sagt Quinn. »Alle Männer sind grobe …«

Sie verstummt, denn da kommt jemand auf uns zugelaufen. Ich sehe zwei magere Knie voller Krusten, Ärmel, die schon wieder zu kurz sind.

»Das ist echt ungerecht!« Robbie bleibt stehen und stemmt die Hände in die Seiten. »Warum muss ich bei diesen öden Erwachsenen auf dem Bahnsteig liegen? Sie reden nur über das Baby vom Milchmann und über die großen Füße der Bäckersfrau. Ich will bei euch bleiben.«

Es fühlt sich an, als wohnten wir schon wochenlang unter der Erde. Als würde ich jetzt erst wach werden.

Ich räuspere mich. »Weiß Mutter, dass du hier bist?«

»Natürlich nicht! Ich bin entwischt.« Er reckt das Kinn in die Höhe. »Es ist Krieg. Ich will *leben.*«

Ich seufze und will schon aufstehen, aber Quinn kommt mir zuvor.

»Bleib sitzen, Ella! Ich mach das schon.« Sie legt Robbie die Hand auf die Schulter. »Los, komm mit, Soldat.«

Sie schaut zu mir. »Bleib bitte kurz bei Bewusstsein, ja?« Und dann sagt sie streng zu Jay: »Meine Geschichte über Schufte und Grobiane ist noch nicht fertig. Glaub bloß nicht, dass du so einfach davonkommst. Ich spreche dich gleich.«

Sie dreht sich um und gemeinsam mit Robbie macht sie sich auf den Weg zu dem hell erleuchteten Bahnsteig.

Jay und ich bleiben allein zurück.

16

Schweigend sitzen wir im Tunnel, einander genau gegenüber.

Ich starre auf den Boden und im Kopf höre ich das Echo seiner Worte: *Alles ist wieder gut, oder? Du atmest wieder, du humpelst ein bisschen.*

Ja, ich atme wieder.

Ich habe es neu lernen müssen.

Bevor ich zum ersten Mal ein paar Minuten aus dem Tunnel herausdurfte, erklärten mir die Ärzte, wie man das eigentlich macht: atmen. Sie sagten mir ganz genau, welche Muskeln ich dazu brauche, und dass mein Bauch sich vorwölben, die Schultern aber tief bleiben sollten.

Und dann machten sie die Luke auf. Und zogen mich nach draußen.

Es war schlimmer, als fast zu sterben. Selbst dafür sorgen zu müssen, am Leben zu bleiben.

Stell dir vor, du lernst fliegen. Dann würdest du deinen ersten Flug nun wirklich nicht mitten in der Nacht machen, während ständig Bomben fallen. Dann steigst du an einem windstillen Sommertag vorsichtig auf. Aber atmen kann man nicht üben. Es gibt kein seichtes Wasser, keinen Sommertag ohne *Messerschmitts.*

Macht man es falsch, ist es um einen geschehen.

Es war unheimlicher, als hier in diesem dunklen Tunnel Jay gegenüberzusitzen.

Ich schlage die Augen auf und blicke ihm ins Gesicht. »Polio findest du also nicht gruselig. Was denn dann?«

Er schaut zurück. Ich sehe die eckigen Konturen seines Kiefers, seine dunklen Augenbrauen.

Gleichgültig zuckt er die Achseln. »Wozu ist das wichtig? Jede Familie aus meiner Straße hat so eine Geschichte. Aber damit jagen wir uns nicht gegenseitig Angst ein.«

»Das glaube ich nicht.«

»Ach?«

»Nein! Menschen lieben Elend. Vor allem das Elend anderer. Darum lesen sie Bücher, darum kaufen sie Zeitungen, darum reden sie mit den Nachbarn.« Ich verschränke die Arme vor der Brust. »Was also ist deine Geschichte?«

Ich schaue ihn an und sehe, wie es passiert. Ganz kurz verschwindet die Gleichgültigkeit aus seinem Gesicht.

»Du willst meine Geschichte hören?«, fragt er. »Wirklich?«

»Ja«, sage ich.

Mindestens dreißig Sekunden lang denke ich, er wird weiterhin schweigen.

Aber dann fängt er doch an zu reden. Seine Stimme ist flach, er schaut zu der tiefschwarzen Rückwand des Tunnels.

»Mein Pa«, sagt er, »hat nie länger als drei Tage denselben Job. Im vorigen Krieg saß er im Schützengraben in Flandern, und meine Ma sagte immer, sein Körper habe diesen Krieg zwar überlebt, aber seine Seele nicht.« Er hebt die Schultern. »Das ist natürlich Blödsinn, aber Tatsache ist, dass es keinen Mann gibt, der aggressiver und unvorhersehbarer ist als mein Pa. Mein kleiner Bruder Johnny ertrank mit zwei Jahren, meine Mutter starb an dem Tag, als sie meine kleine Schwester bekam. Jetzt sind nur Tobi, Fred und die kleine Rosie noch übrig, und die wurden aufs Land verschickt. Sie sind bei zwei armseligen Geizhälsen gelandet, und wenn ich nicht jede Woche Geld schicke, bekommen sie nicht mal was zu essen.«

Er fährt sich durch die Haare und weiß nicht mehr, wie er schauen soll. »War das hier ein Wettstreit? Habe ich jetzt gewonnen?«

Ich sitze reglos im Tunnel, während über der Erde die Bomben fallen. Sie fallen schon wieder – es ist unglaublich, wie schnell man sich an etwas gewöhnen kann, was zunächst völlig bizarr schien.

»Darum also verkaufst du Schlafplätze«, sage ich. »Darum willst du möglichst viel Geld verdienen mit dem Gepäck beim alten William...«

»Jetzt lass mal gut sein.« Er klingt verärgert. »Tu bloß nicht, als wäre ich nobel. Ja, ich schicke ihnen Geld, aber das meiste behalte ich selbst.«

»Aber du kaufst kein Essen dafür.«

»*Nope.* Ich spare. Sobald der Krieg vorbei ist, bin ich hier weg.«

»Wohin?«

»Eine einfache Fahrt nach Amerika.«

In dem Moment, da er das sagt, sehe ich es von mir.

Jay, der an Bord eines funkelnden Schiffes geht, so groß wie eine Stadt. Da steht er an der Reling. Die Gischt fliegt ihm um die Ohren, nichts als Wellen bis zum Horizont.

»Und dann?«, frage ich. »In Amerika?«

»Da bestimme ich alles selbst. Hier bin ich den Rest meines Lebens ein armer Schlucker. Sobald ich den Mund aufmache, wissen sie Bescheid. In Amerika ist alles möglich.«

Ich schüttele den Kopf. »Nicht alles.«

»Ach nein?«

Ich schlucke. »Mag sein, dass es dort egal ist, wie man spricht. Oder was dein Vater macht. Aber hinken ist nicht egal. Hinken ist nirgendwo egal.«

»Nun jammer doch nicht so rum«, sagt er gelassen. »Weißt du, dass Präsident Roosevelt auch Polio hatte? Ernsthaft. Der mächtigste Mann Amerikas sitzt im Rollstuhl.«

»Das denkst du dir aus!«

»Kein Stück. Einer meiner Kumpel ist Zeitungsjunge. Der weiß alles. Roosevelt hängt das nicht an die große Glocke. Aber seine Beine sind vollkommen gelähmt. Und es ist allen egal.«

Ich starre ihn an und er schaut lachend zurück.

Es ist allen egal ... Plötzlich spüre ich die Wellen schaukeln. Stell dir vor, der Bug eines funkelnden Schiffes schneidet durch den Ozean, meine Haare flattern mir um den Kopf, der Himmel ist eine blaue Kuppel ...

Im Tunnel ertönen Schritte. Zwei Silhouetten kommen auf uns zu und wir hören Quinns Stimme in der Finsternis.

»Ich kann nichts dafür, aber ab jetzt sind wir zu viert! Jay, ich habe hier noch einen Kunden für dich.«

Sie steht da mit ihrer schmalen Taille und ihren dunklen Locken und natürlich schauen alle wieder sofort zu ihr.

»Du solltest Robbie doch zurückbringen?«, sage ich schroff.

»*Change of plans.* Er kommt hierher, um beim echten Leben

mitzumachen. Ihm reicht's mit den großen Füßen der Bäckersfrau.«

»Mama erlaubt es«, sagt Robbie. Er fängt an zu kichern. »Ich glaube, sie wollte noch mehr über das Baby vom Milchmann wissen. Aber die Nachbarin wollte nicht weitererzählen, weil ich dabei war.«

Während er seine Decke schnell neben Jay legt, setzt sich Quinn neben mich.

»Ich kann wirklich nichts dafür«, flüstert sie. »Robbie sagte, er müsse heute Nacht neben dir liegen. Fast hätte er angefangen zu weinen.«

»Warum um Himmels willen?«

»Er hat mir von dem Eisenmonster erzählt, in dem du wochenlang gelegen hast. Erst hat das Monster dich atmen lassen, jetzt tut er das. Das hat er gesagt. Zu Hause schlaft ihr doch auch in einem Zimmer?«

Ich nicke.

»Na ja, er ist davon überzeugt, dass du ihn brauchst. Ohne ihn wirst du heute Nacht vergessen zu atmen.«

Ich schaue zu meinem mageren kleinen Bruder und seufze. »Er spinnt.«

»Er ist lieb«, sagt Quinn. »Er will bei dir sein ...«

Ich sehe ihr Gesicht und weiß, dass sie an Sebastian denkt. Sie schaut genau, wie er schaute, kurz bevor wir weggingen. Sie geht kaputt, aber sie ist zu gut erzogen, um es sich anmerken zu lassen.

»Oh ja!«, ruft Quinn. »Fast hätte ich es vergessen. Ich wollte noch was zu den Schurken sagen. Jay, hör mal kurz zu ...«

»Eigentlich«, sage ich, »waren wir gerade schon bei einem

anderen Thema. Wir haben einen Wettstreit gemacht, wer das elendigste Leben hat.«

Jay schaut auf, und ganz kurz spüre ich die Wellen wieder schaukeln.

Robbie sitzt dicht neben ihm mit einem Flugzeug in den Händen. Gemeinsam hatten sie sich etwas angesehen: ein zerknittertes Papier mit Abbildungen von Bombenflugzeugen.

»Quinn macht natürlich nicht mit«, sagt Jay. »Sieh dir nur ihre Haare an. Das elendigste Leben? Das gewinnt sie niemals.«

Quinn lächelt. »Ach nein? Und was war dein Beitrag?«

»Zwei Tote, ein Verrückter und ein kaputt bombardiertes Haus.«

Ich balle die Hände zusammen. Von seinem Haus hatte er noch nicht erzählt.

»Hmm«, sagt Quinn. »Was habe ich zu bieten? Ungefähr hundert Verrückte, die zurückgehen bis zu Wilhelm dem Eroberer, Eltern aus Stein, einen Bruder, der lieber ein Nazi ist, als zu unserer Familie zu gehören, und schließlich mich selbst ... Meine letzte Nacht zu Hause habe ich mit dem Stallknecht verbracht. Um sieben Uhr morgens hat uns mein Vater erwischt, um neun Uhr hatte ich meine Sachen gepackt und bin abgehauen.« Sie gähnt. »Aber darüber ein anderes Mal mehr. Ich falle jetzt echt um vor Müdigkeit. Gute Nacht alle zusammen! ...«

17

Ich schlafe. Die ganze Nacht hindurch.

Wir wachen erst auf, als der Bahnsteigwärter laut ankündigt, draußen sei alles sicher. Ohne uns anzusehen, falten wir unsere Decken zusammen. Wir stinken, mein Mund ist trocken, ich muss zur Toilette, aber ich weigere mich, auf diesen grässlichen Eimer zu gehen.

Aber das alles ist nichts verglichen mit dem, was Quinn gestern erzählt hat.

Sobald wir draußen durch den Nieselregen gehen, auf dem Weg zu warmem Brei und einer Toilette mit Zeitungspapier, zupfe ich sie am Ärmel.

»Erzähl.«

»Wovon?«, fragt sie unschuldig.

Ich gehe langsamer. »Von dem Stallknecht natürlich!«

Ihre Augen funkeln. »Okay, schieß nur los. Was hast du dir ausgedacht?«

»Er ist die Liebe deines Lebens und jetzt bist du schwanger. In England bist du noch zu jung zum Heiraten, aber in Schottland ist es erlaubt. Also müsst ihr gemeinsam dorthin!«

»Herrgott.« Sie fängt an zu lachen. »Werden in deiner Fantasie alle immer sofort schwanger? Die Nacht mit Thomas war ja erst diese Woche, also wüsste ich das noch nicht mal. Aber nein, kein Koitus.«

Ich ziehe die Augenbrauen zusammen. »Wir haben kein Wörterbuch zu Hause, weißt du noch?«

»Ach ja, tut mir leid. Vergessen. Was ich meine: Wir haben nicht miteinander geschlafen. Kein *Sex.*«

Ich spüre, wie meine Wangen knallrot werden. Schnell schaue ich mich um, aber niemand hat sie gehört.

»Genierst du dich?«, flüstert sie. »Ich meine: Ist dir das unangenehm?«

Ich nicke.

»Soll ich aufhören?«

Ich zögere. Und dann schüttele ich den Kopf.

Ich kenne niemanden, der über solche Sachen redet. Bücher bleiben immer zum Verrücktwerden vage. Bevor ich krank wurde, war ich noch ein Kind. Und jetzt sieht sich kein Mann nach mir um, also hat meine Mutter nicht den geringsten Grund, mir zu erklären, wie Leben entsteht.

»Ich habe Thomas geküsst«, sagt Quinn. »Nicht, weil er die Liebe meines Lebens ist, sondern weil ich Lust hatte, ihn zu berühren.«

Ich starre sie an. Meine Hände glühen.

Es fängt heftiger an zu regnen, Leute klappen Regenschirme auf und eilen nach Hause. Quinn und ich stellen uns in einem Durchgang zwischen zwei Häusern unter. Der Regen fällt in Kübeln vom Himmel, aber ich spüre die Kälte nicht.

»Hast du nie Lust darauf?«, fragt Quinn. »Jemanden zu berühren? Thomas ist witzig und er hat Segelohren und wenn er mit meinen Eltern redet, fängt er an zu stottern. Aber wenn er in Hemdsärmeln ein Pferd striegelt, ist er wirklich unglaublich sexy …«

Noch nie habe ich ein Mädchen sagen hören, dass etwas *sexy* ist.

Schwindlig denke ich an gestern, als ich im Bett lag und über meine Haut streichelte. Ist es möglich, dass Quinn das auch macht? Dass sie darauf auch ab und zu Lust hat?

»Ich gebe es ja ehrlich zu«, sagt sie gelassen. »Es passte ganz gut, dass Thomas Stallknecht ist und mir klar war, dass Papa und Mama hysterisch würden, wenn sie uns erwischen.«

»Du hast dich erwischen *lassen*?«

Sie zuckt die Achseln. »Etwas musste kaputtgehen. Es war ein Eispalast, seit Sebastian weg war. Sie wussten, dass ich genauso rebellisch war wie er. Im vergangenen Jahr haben sie mich deshalb keine Sekunde aus den Augen gelassen. Nur in den Ställen bei Thomas, wenn ich mit den Pferden half, bekam ich ein klein wenig Luft.«

»Sind deine Eltern gemein?«, frage ich. »Schlagen sie dich, sperren sie dich ein, geben sie dir zu wenig zu essen?«

Sie schüttelt den Kopf. »Das macht es ja gerade so schwierig. Alle finden den Grafen und die Gräfin allerliebreizendst und ich bin die widerspenstige Tochter, die einfach nicht taugen will …«

»Warum denn?«

»Ich weiß nicht! Weil ich eben so bin.«

Sie greift nach ihrem Arm, sieht ihn sich an und kneift ein wenig hinein. »Das hier. Das bin ich …«

Der Regen rauscht um uns herum. Überall laufen kleine Rinnsale über den Gehweg, die Straße steht unter Wasser.

»Ich schwöre es«, sagt sie leise, »ich gebe mir wirklich total viel Mühe, *gut* zu sein. Aber es gibt nicht nur eine Art und Weise zu leben! Die Welt ist so unendlich viel größer, als Papa und Mama denken. Ich werde verrückt von ihren Scheuklappen, ich ersticke in ihrer Spießbürgerlichkeit, es macht mich krank, was sie alles verbieten, bloß weil niemand vorher es sich jemals getraut hat …«

Kalter Regen schlägt uns entgegen. Ihre dunklen Haare umrahmen in Strähnen ihr Gesicht, ihr Kleid klebt ihr am Körper, aber das ist egal. Ich habe noch nie jemanden gesehen, der so voller Leben ist. Jeder Muskel in ihrem Leib sehnt sich nach Bewegung, sie ist so kerngesund, dass ich es kaum mit ansehen kann.

»Das hier ist das zwanzigste Jahrhundert«, ruft sie, als stünde sie vor einem Saal voller Menschen, statt mit einem Hinkebein allein im strömenden Regen. »Ich will küssen, wenn ich Lust dazu habe, aber ich will niemals heiraten müssen! Ich will eine Schlabberhose tragen *und* ein wunderbares Ballkleid. Ich will wichtige Arbeit haben und ganz allein durch die Welt reisen. Und ja, ich bin zufällig ein Mädchen. Aber das bedeutet nicht, dass ich nur halb leben will!«

Ihre Wangen sind rot, ihre Augen glänzen. Ich habe nichts gesagt und trotzdem fühlt es sich an, als sei ich außer Atem.

»Jetzt du«, sagt Quinn. Sie breitet die Arme aus. »Erzähl! Was willst du?«

Ich schüttele schweigend den Kopf.

»Was? Willst du nichts?«

»Nichts Weltbewegendes.« Ich schaue zu Boden. »Ich bin nicht so – äh – *modern* wie du. Ich will nichts …« Ich schlucke. »Nichts, was ich mit so einem Bein bekommen könnte.«

Ich strecke meinen Spezialschuh vor und gemeinsam sehen wir uns das grobe Leder an, die dicke Sohle, die lange Reihe Schnürösen.

»Du bist verrückt«, sagt sie empört. »Warum muss es sofort wieder um einen Mann gehen? Du wolltest doch Schriftstellerin werden? Das geht wunderbar mit so einem Bein!«

Ich balle die Fäuste. »Und was, wenn ich aber einen Mann will? Du schreist, die Welt sei größer, als deine Eltern denken. Aber sobald ein Hinkebein wie ich von einem Mann anfängt, sagst du: Geh du nur schön schreiben.«

Ich trete einen Schritt zurück.

Regen tropft mir in den Nacken, die Gehwege glitzern, die Straße ist menschenleer.

»Ich weiß, dass ich mager und schief bin. Aber in meinem Kopf bin ich zufällig nicht gelähmt! Ich habe Gefühle, genau wie der Rest der Welt. Ich weiß, dass ich erst vierzehn bin, aber ich will auch – äh, ich ...« Verwirrt höre ich auf zu reden. »Ich habe auch Lust auf – äh ...«

»Du meinst«, sagt Quinn, »dass du auch Lust auf einen sexy Pimmel hast.«

In dem Moment, als sie das sagt, schlägt sie sich die Hand vor den Mund.

Fünf rauschende Herzschläge lang höre ich nur mein eigenes Blut rasen, dann fange ich unbeherrscht an zu kichern.

»So meinte ich es nicht«, ruft Quinn. Sie fängt auch an zu kichern. »Du weißt doch, dass ich Männer immer Pimmel nenne. Ich meinte einen sexy *Mann*. Wirklich wahr!«

Wir wollen aufhören zu lachen, aber das geht nicht. Durch den strömenden Regen gehen wir zurück nach Hause, und immer wieder müssen wir stehen bleiben, weil wir keine Luft mehr bekommen vor Lachen.

Wir kommen an klatschnassen Sandsäcken und gelöschten Brandbomben vorbei und in ein paar Stunden muss ich mich schon wieder anstellen, aber in diesem Moment fühle ich mich genauso lebendig wie Quinn.

»Das ist doch idiotisch ...« Sie holte tief Luft. »Es gibt so viel, worüber wir nie reden.«

Ich fange wieder an zu lachen. »Du redest über wirklich alles.«

Ganz kurz schaut sie ernst. »Nein, wirklich. Wenn die Welt ein Teekränzchen wäre, dann würden wir nur über Gurkensandwiches reden. Da wäre niemand, der etwas über frisch gebackene Scones sagt oder über Zitronenkuchen, über Marmeladentörtchen und glasierte Kekse und Shortbread und Apfel-Streuseltorte oder ...«, sie holt tief Luft, »große Stücke wunderbar klebrigen *Schokoladenpuddings* ...«

»Hör auf!«, rufe ich. »Bei uns zu Hause müsstest du dir den Mund mit Seife auswaschen.«

Und dann gehen wir weiter durch den Regen, lachend, als wären wir sechs Jahre alt – oder vielleicht, als wären wir sechsundzwanzig und richtig erwachsen in einer Welt, die viel größer ist, als unsere Eltern denken.

18

Der Regen hat aufgehört, unsere Lachanfälle auch. Ich bin wieder allein, wie ich es im vergangenen Jahr jeden Tag war. Aber heute sitze ich nicht mit meinem Geschichtenheft auf dem Schoß in einer Ecke und sehne mich nach einer anderen Welt.

Ich lebe nicht mehr auf Papier.

In aller Ruhe kaufe ich eine Fahrkarte am Automaten, weil ich jetzt weiß, wie das geht. Leute, die heute Nacht in der U-Bahn schlafen wollen, dürfen noch längst nicht hinein. Aber ich darf. Ohne Menschen auf Decken fühlt sich der Bahnhof riesengroß an.

Während ich in der schaukelnden U-Bahn durch die Dunkelheit brause, versuche ich mir zu überlegen, was ich gleich zu Sebastian sagen werde. Aber immer wieder höre ich ein Flüstern, genau im Takt der ratternden Räder: *Heute Nacht schlafe ich wieder im Tunnel! Heute Nacht schlafe ich wieder im Tunnel!*

Heute Nacht sehe ich sie wieder. Quinn – und Jay. In unserem kleinen Stückchen Niemandsland unter der Erde.

Ich hatte gedacht, es wäre schwierig, Quinn heute abzuschütteln, aber es war erstaunlich einfach. Ich kann es immer noch nicht glauben.

Beim Frühstück erzählte meine Mutter von ihrer ehrenamtlichen Arbeit in meiner alten Schule, wo sie Menschen hilft, die alles verloren haben. Und da rief Quinn plötzlich: »Darf ich bitte helfen? Ich kann Decken austeilen und Suppe oder einfach den Fußboden schrubben…«

Wie meine Mutter strahlte! Keiner in unserer Familie hat jemals vorgeschlagen, dass *ich* helfen könnte. Das ist nichts für Treibhauspflanzen. Aber jetzt saß hier einfach so eine kerngesunde, begeisterte Bewerberin an unserem Tisch.

»Ein paar extra Hände können wir immer gebrauchen«, sagte meine Mutter. »Aber die Arbeit wird nicht bezahlt…«

»Ach, wissen Sie?«, sagte Quinn, und ich dachte an die Juwelenflut unter meinem Bett. »Das ist nicht so ein Problem.«

Ab diesem Moment hatten sie mich vergessen. Mein Vater lag oben und schlief nach seinem Dienst, Robbie lief sofort nach dem Frühstück zu einem Freund. Ich brauchte nur zu warten, bis Quinn ihre Hose wieder angezogen hatte und mit meiner Mutter losgegangen war, und meine Mission konnte anfangen.

In South Kensington muss ich die U-Bahn verlassen. Eine ungefährlich aussehende grauhaarige Dame frage ich, wie ich zu Fuß zur Royal Albert Hall komme. Von dort aus kann ich das rotbraune Gebäude von Sebastian finden.

Ich spaziere über einen blitzblanken Gehweg entlang stattlicher weißer Häuser und tue, als würde mein Herz nicht dröhnen. Mein Sommerkleid und meine Weste sind verschlissen, meine schlammfarbenen Haare hängen, wie sie immer hängen: in einem Seitenscheitel bis zu meinen Schultern.

Ob vierzehn Jahre alt zu sein der absolute Tiefpunkt ist? Oder sehe ich den Rest meines Lebens so aus wie jetzt: mager und flach und schüchtern?

Als ich Sebastians Gebäude gefunden habe, bin ich erleichtert. Aber das hält nicht lange an: Der Portier weigert sich, mich reinzulassen. Mit Quinn neben mir durfte ich durchgehen, jetzt bin ich bloß ein Habenichts aus einer anderen Welt.

Ich habe nicht die geringste Ahnung, wie es weitergehen soll. Der graue Schnurrbart und die Hängebacken des Portiers sind unerbittlich. Ich trete ein paar Schritte zurück und muss mich zusammenreißen, um nicht in Tränen auszubrechen. Ich bin wütend auf diesen schnauzenden Portier, aber vor allem auf mich selbst: Natürlich lassen sie ein ausgefranstes Mädchen ohne jegliche Begleitung nicht ins Zimmer eines Studenten.

Ich will umkehren, zurück zur U-Bahn, zurück in mein eigenes Viertel, in dem die meisten Menschen noch ärmer sind als ich – aber dann treten zwei junge Männer in der Uniform der Freiwilligen Feuerwehr aus dem Gebäude.

Hätten sie wie normale Studenten ausgesehen, mit bunten Krawatten und eleganten Anzügen, die sagen *Das hier ist die beste Zeit meines Lebens und später werde ich Präsident*, dann hätte ich mich nie getraut. Aber die Feuerwehr ist zum Helfen da – vor der muss man keine Angst haben.

»Entschuldigung!«, rufe ich, bevor ich weiter nachdenken kann.

Die Jungen bleiben stehen. Sie tragen Uniformjacken mit einer doppelten Knopfreihe, breite Gürteln hoch um die Taille und einen Stahlhelm auf dem Kopf. Mein Vater hat als Nachbarschaftswärter genauso einen Helm, der aussieht wie ein halber

Fußball mit einem Rand. Man kann sich kaum vorstellen, dass so ein Ding, das ein wenig zu hoch auf dem Kopf balanciert, wirklich gegen Bomben schützt.

»Kennen Sie Sebastian?«, frage ich mit seltsam heiserer Stimme. Ich räuspere mich. »Lord Sebastian, meine ich…«

Sie schauen mich amüsiert an, sagen aber nichts.

»Er wohnt auf der zweiten Etage, da an der rechten Seite. Er hat ein Grammophon und einen grünen Pyjama…«

Die Jungen fangen an zu grinsen.

»Ich will nichts von ihm«, beeile ich mich zu sagen. »Kein Geld, kein Baby – ich will nur kurz mit ihm reden. Ich war gestern zusammen mit seiner Schwester hier, aber jetzt will der Portier mich nicht mehr reinlassen…«

Der Größere der beiden fängt an zu lachen und verbeugt sich. »Exotischer Besuch ist jederzeit willkommen.« Er wirft einen Blick auf den Portier. »Der spröde George ist nicht zu erweichen, aber wir können dich an der anderen Seite reinschmuggeln. Sebastian hat bestimmt gerade Probe in der *Union*. Folg mir nur!«

Ich kann kaum glauben, dass sie mir wirklich helfen. Dass sie nichts über mein Kleid oder mein Bein sagen, sondern mich einfach zu Sebastian bringen. So schnell ich kann, gehe ich zwischen ihnen über den breiten Gehweg. Gestern habe ich das imposante rotbraune Gebäude vom Innenhof aus gesehen, jetzt gehen wir außen herum.

Ganz schnell schaue ich zu dem Profil des großen Jungen neben mir. Er hat eine scharfe Nase und einen ironischen Mund und ich würde ihn gern fragen, ob das Leben wirklich leichter ist, wenn man so spricht wie die Leute im Radio. Ob einen überhaupt noch irgendwas kümmert, wenn man weiß, dass man jederzeit von allen Anwesenden die besten Manieren hat.

Wir gehen durch eine riesige Holztür hinein und ich kneife die Augen zusammen. Die halbdunkle Halle riecht nach Alkohol und Zigarren. Meine Füße versinken in einem dicken, dunkelroten Teppich und irgendwo in der Ferne höre ich Musik.

Wir gehen eine Treppe hinauf, durch einen Flur, um drei Ecken und die Musik kommt immer näher. Sie drücken eine Tür auf und die Klänge umwehen mich wie der Duft von frisch gebackenen Scones und Zitronenkuchen und Marmeladentörtchen und Apfel-Streuseltorte ...

In einem hellen, leeren Raum spielen zwei Jungen Trompete, einer Saxophon, einer sitzt am Klavier und in der Mitte steht Sebastian.

Er trägt schon wieder seinen Pyjama und den roten Morgenmantel. Seine nackten Füße stecken in geblümten Pantoffeln, um den Hals hat er sich einen hellgelben Schal gebunden. Ganz kurz schaue ich darauf, dann kann ich nur noch seiner Stimme lauschen, die warm und weich ist, die meine Haut auch ohne Berührung kribbeln lässt.

Ich stehe da im Türrahmen und ich weiß, dass Quinn recht hatte: Es ist verrückt, nur über Gurkensandwiches zu reden.

»Nun hört mal kurz auf mit dem Radau«, ruft der Junge neben mir, während sie noch gar nicht fertig sind mit Spielen. »Besuch für *Lord Sebastian*!« Er grinst. »Diese junge Dame hier behauptet, es nicht auf sein Geld oder ein Bastardbaby abgesehen zu haben, also kommt sie mir wie eine vorzügliche Partie vor.« Er sieht mich ernst an. »Leider muss ich mich jetzt verabschieden. Unser Dienst fängt an.«

Bevor ich etwas entgegnen kann, gehen die Jungen schon weg zur Feuerwache. Ihre schwarzen Uniformen verschwinden in dem langen Flur und plötzlich habe ich Gänsehaut.

Ich war blind. Fast hätte ich nur zwei verwöhnte junge Männer gesehen, strotzend vor Geld und guten Manieren.

Doch diese Uniformen verändern alles.

Wenn gerade eine Bombe gefallen ist, wenn die Flammen rasen und züngeln und die Helfer grell erleuchten, während der nächste Bombenwerfer schon wieder im Anflug ist, ist es egal, wie man spricht. Wenn man mitten in der Nacht auf einem bimmelnden Feuerwehrwagen zu einem neuen Brand rast, dann ist es egal, ob der eigene Stammbaum zurückführt bis zu Wilhelm dem Eroberer.

Ich sehe sie durch den Flur weggehen und es ist, als sähe ich nur Schatten von Jungen, die jetzt noch kurz am Leben sind.

»Ella?« Sebastian steht vor mir. »Du heißt doch Ella?«

Ich nicke.

»Wo ist Quintana?«

Gestern war Sebastian ein großer Bruder, jetzt ist er ein Mann. Ein gut aussehender Mann in einem lächerlichen Morgenmantel, mit Stoppeln auf den Wangen und dunklen Augen.

Er sieht aus wie der Arzt aus meinem Geschichtenheft. Wie ich mir jeden Helden bisher vorgestellt hatte.

Jeden Helden auf Papier.

Aber das hier ist echt.

»Wo ist Quinn?«, fragt er noch einmal. »Ist ihr etwas passiert?«

»Na ja«, sage ich, und ich hole tief Luft, »eigentlich schon. Sie ist mit einer Tasche voller Juwelen von zu Hause weggelaufen und jetzt schläft sie jede Nacht in der U-Bahn. Sie trägt eine Hose und will nie heiraten, es ist Krieg und du bist der Einzige, der sie versteht. Sie ist fünfzehn. Sie ist deine kleine Schwester. Und sie vermisst dich.«

19

Sebastian schaut zu den vier anderen. »Zeit für eine Pause. In einer halben Stunde machen wir weiter.«

Ich dachte, er würde jetzt zu mir in den Flur kommen, aber er bleibt stehen.

Der Junge am Klavier steht schweigend auf, die drei Bläser legen ihre Instrumente hin und einer nach dem anderen verlässt den Raum. Sebastian wird vier Mal zugezwinkert, ich bekomme vier ungemein höfliche Kopfnicken.

»Komm rein«, sagt er, als sie weg sind.

Es schließt die Tür hinter mir und zündet sich eine Zigarette an. Während er die erste Rauchwolke ausbläst, mustert er mich von Kopf bis Fuß.

Reglos stehe ich da. Ich hätte gedacht, dass ich Angst haben würde. Wenn Jay mich anschaut, zittere ich. Aber hier ist es anders, hier ist das Land hinter dem Regenbogen.

Ich denke keine Sekunde, dass einer dieser Studenten ein Date mit mir will, es ist mir egal, ob sie sehen, wer ich wirklich bin. Ich sehne mich nicht nach ihren Armen um meine Taille, ich würde niemals behaupten, dass ihr Schweiß lecker riecht.

Das macht es alles sehr einfach.

Das jedenfalls dachte ich.

»Hat Quinn dich geschickt?«, fragt Sebastian kühl. »In meiner Erinnerung waren die Dienstmädchen bei uns zu Hause erheblich besser gekleidet.«

»Ich bin kein Dienstmädchen!«, sage ich empört. »Ich bin …« Ich verstumme.

Ohne Musik ist es hier eisig still.

Sebastian zieht die Augenbrauen hoch. »Du weißt nicht, wer du bist? Das ist in der Regel kein gutes Zeichen.«

»Ich weiß ganz genau, wer ich bin«, sage ich verärgert. »Aber jetzt geht es um Quinn. Letzte Nacht habe ich neben ihr in der U-Bahn geschlafen. Vor zwei Stunden hat sie an unserem Frühstückstisch Haferbrei gegessen und in diesem Moment hilft sie meiner Mutter mit ausgebombten Menschen. Ich kenne sie erst seit drei Tagen, aber sie ist …« Ich verstumme wieder. Ungeduldig schüttele ich den Kopf. »Quinn ist …«

Es geht nicht.

»Leidest du an Gedächtnisschwund?«, fragt Sebastian. »Soll ich einen Arzt holen?«

»Jetzt hör doch mal auf!«, rufe ich. »Benimm dich nur ein paar Minuten normal. Bist du ein Mensch aus Fleisch und Blut oder ein arroganter Clown?«

Er fängt an zu grinsen.

»Weißt du, warum ich den Satz nie zu Ende kriege?«, frage ich. »Weil ich sagen will, dass Quinn meine *Freundin* ist. Aber ich bekomme es nicht über die Lippen. Seit ich krank geworden bin, habe ich keine Freunde mehr. Und jetzt also doch. Und zufälligerweise ist es Quinn schnurzpiepegal, wie ausgefranst mein Rock ist.«

»Interessant«, sagt er. Er zieht an seiner Zigarette. »Ich hab mich für originell gehalten. Aber für dich bin ich nur ein *arroganter Clown*? Meinst du das ernst?«

Ich sehe ihn streng an. »Ich habe dich gerade singen hören. Ich weiß, dass du kein Clown bist.«

»Ich habe dich nicht singen hören«, sagt er munter. »Aber nach unserem Gespräch würde ich gern mehr über dich wissen. Wollen wir Tee trinken? Den könnte ich jetzt vertragen.«

Als wir gemeinsam den *tea room* betreten, schauen uns alle an. Sebastian hat mir versichert, es sei absolut nicht ungehörig für ein vierzehnjähriges Mädchen, Tee mit einem Studenten zu trinken. Er hat mir auch erklärt, dass er im Moment leider nichts anderes tragen kann als seinen Pyjama und den Morgenmantel. Es hat mit einer Wette zu tun, aber mehr will er nicht darüber sagen.

Wie auch immer: Alle Damen im *tea room* schauen zu ihm, nicht zu mir.

Vorsichtig schenke ich uns beiden Tee ein. Die Tülle der Teekanne tropft nicht und die Tassen haben einen Goldrand. Sebastian hat auch Möhrenkuchen bestellt, und während ich höfliche bescheidene Häppchen nehme, sehe ich vor mir, wie Jay das Sandwich mit Corned Beef verschlungen hat.

»Quinn weiß also nicht, dass du hier bist?«, will Sebastian wissen.

Ich schüttele den Kopf und er seufzt. »Sie hält mich für einen erbärmlichen Schlappschwanz. Tja, sie hat ja recht. Ich bin ein Schlappschwanz. Aber letzten Sommer war sie erst vierzehn. Ich konnte sie doch nicht mitschleppen nach London?«

Es dauert eine Weile, bis ich den Mund leer habe. Der Möhrenkuchen kommt frisch aus dem Ofen, er ist voller saftiger Rosinen und es stellt sich als unmöglich heraus, nur bescheidene Häppchen zu nehmen.

»Du hättest ihr schreiben können«, sage ich. »Nur ihr, damit sie wusste, dass du kein Nazi bist.«

»Ich hatte einen Brief angefangen. Aber Quinn ist ein Mädchen. Sie kommt da nicht raus. Sie muss noch jahrelang zu Hause wohnen und das ist leichter, wenn sie sich den anderen anpassen kann. Wenn sie mich hassen kann, genau wie Vater und Mutter und Augusta und Violet und Cecilia ...«

»Sich den anderen anpassen?« Ich ziehe die Augenbrauen hoch. *»Quinn?«*

Er lacht nicht. Seine Finger trommeln unruhig auf den Tisch. »Dieser katastrophale Krieg ... Niemand weiß, wie viele Menschen noch sterben werden, bevor das hier ein Ende hat. Aber vielleicht, wenn es endlich vorbei ist, wird das ein Land sein, in das Quinn und ich besser passen.«

»Wie meinst du das?«

Er starrt auf den Tisch, sein Gesicht ist blass.

»Warum willst du, dass sich England verändert?«, frage ich. »Oder meinst du ...«

Ich schaue zu seiner Hand. Seine Finger zittern und plötzlich ist mir schwindlig.

»Willst du etwa doch, dass Hitler hier das Sagen hat?«, flüstere ich. »Hatte Quinn die ganze Zeit recht? Bist du doch ein Verrä–«

»Halt den Mund!«, sagt er scharf. »Ich will diesen Krieg genauso gern gewinnen wie du. Aber ich hoffe bei Gott, dass wir nie wieder dahin zurückkehren, wie es war. Du sagst, dass

Quinn eine Hose trägt, dass sie nie heiraten will. Dann gib uns eine Welt, in der das möglich ist!«

Seine Hand zittert noch immer, und er muss sich anstrengen, weiterhin leise zu sprechen.

»Schon seit Jahrhunderten lassen wir uns alle in Käfige stecken. Männer machen Männerarbeit im Männerkäfig, Frauen langweilen sich zu Tode im Frauenkäfig. Es gibt einen goldenen Käfig für die Reichen, einen elendigen Käfig für die Armen. Und dann ist da noch ein stockfinsterer Verschlag für alle, die sich erdreisten, in einer Welt ohne Käfige leben zu wollen.«

Ich sehe ihm an, dass er am liebsten schreien will, aber ich verstehe es nicht. »Du bist ein Mann! Du studierst in London und später wirst du ein Graf. Ist dein Käfig wirklich so schlimm?«

»Es ist und bleibt ein Käfig. Mit Gittern. Und mit einem Schloss.«

Zwischen uns, auf einer schneeweißen Tischdecke, stehen Tassen mit Goldrand und ein Teller mit nichts als ein paar winzigen Krümeln Möhrenkuchen.

»Glaubst du wirklich, der Krieg ändert was?«, frage ich. »All diese Käfige gibt es schon ewig. Sie machen das Leben äh … *übersichtlich.*« Ich denke an mein Gespräch mit Quinn, heute Morgen auf der Straße im strömenden Regen. »Du kannst lange warten auf eine Welt, in der du einfach so eine Nacht mit dem Stallknecht verbringen darfst …«

»Wie bitte?« Er schaut blitzschnell um sich. »Bist du verrückt geworden?«

Kerzengerade sitzt er auf seinem Stuhl, rote Flecken erscheinen auf seinen Wangen. Plötzlich fühlt es sich wie in der Eisernen Lunge an, wenn der Blasebalg alle Luft weggesaugt hatte.

»Entschuldigung«, sage ich atemlos. »Darüber hätte ich nichts sagen dürfen.«

Er schüttelt den Kopf. »Ich verstehe nicht, dass Quinn …« Er verstummt. »Hast du mit Thomas gesprochen?«, fragt er, während er sich nervös das Kinn reibt. »Ist er in London? Hat mein Vater ihn gefeuert?«

»Ich weiß es wirklich nicht«, sage ich. »Ich weiß nur, was Quinn mir erzählt hat.«

»Und das ist?«

Wir starren uns an und ich versuche zu verstehen, was hier los ist. Quinn hat ihren Bruder in London ein einziges Mal gesehen, und da war ich die ganze Zeit dabei. Sie hat ihm nichts von Thomas erzählt, das weiß ich sicher.

Sebastian wusste also noch gar nicht, dass seine Schwester die Nacht mit dem Stallknecht verbracht hatte. Aber warum stellt er dann jetzt keine Fragen über Quinn und was sie getan hat? Warum will er nur wissen, wie es Thomas geht?

»Schon gut«, sagt er leise, obwohl ich noch gar keine Antwort gegeben habe. »Wir reden nicht mehr darüber. Das ist besser. Aber dann verstehst du's doch? Das Leben, das ich will, ist illegal. Strafbar. Das ist doch irrsinnig?«

Reglos sitze ich da, während mein Kopf fast explodiert. Irgendwo in diesem Gespräch habe ich mich verirrt, und ich versuche herauszufinden, wo das war. Was habe ich gesagt? Was hat er gesagt?

Plötzlich höre ich den einen Satz wieder.

Du kannst lange warten auf eine Welt, in der du einfach so eine Nacht mit dem Stallknecht verbringen darfst.

Darauf hat er reagiert, als hätte ich ihn erwischt.

Als hätte er ein Verbrechen begangen.

Ich schaue zu ihm und allmählich fangen meine Wangen auch an zu glühen. Jetzt spüre ich sie auch in meinem eigenen Kopf: die Gitter jahrhundertealter Käfige. Schlösser ohne Schlüssel. Mauern.

Ich versuche weiter zu denken, aber ich habe nicht die Worte dafür. Ich will Schriftstellerin werden, aber niemand hat mir beigebracht, über Sachen außerhalb meines eigenen Käfigs zu reden. Das macht mich wütend.

Ich räuspere mich und fasse einen Entschluss. All diese Käfige können mir gestohlen bleiben. Es sind die Käfige der Erwachsenen, nicht unsere. Nicht meine.

Der Junge mir gegenüber ist einfach Sebastian, Quinns Bruder.

»Jede Nacht«, sage ich leise, »schlafen wir unter der Erde bei der Liverpool Street Station. Du fährst mit der Rolltreppe nach unten, zur Central Line. Am Ende des Bahnsteigs ist ein Tunnel, der noch nicht fertig ist. Wir liegen ganz hinten an der Rückwand, wo's dunkel und still ist. Kommst du mal zu uns?«

Er holt tief Luft. Und ich kann auch wieder atmen.

Langsam nimmt er die letzte Zigarette aus einem flachen Silberetui. »Sie will mich nicht sehen.«

»Natürlich will sie das. Sie ist wütend, aber sie ist deine Schwester. Niemand weiß, wer morgen noch lebt. Wir haben keine Zeit, auf eine andere Welt zu warten. Sie will dich in dieser Welt sehen.«

20

Jay ist nicht da.

Es ist neun Uhr abends, aber er ist nirgends zu sehen.

Robbie hat seit vier Uhr heute Nachmittag unsere Plätze im Tunnel besetzt gehalten, ich musste mich auf den überfüllten Bahnsteig setzen, um Schlafplätze für meine Eltern und meinen Onkel und meine Tante frei zu halten.

Wir haben gegessen, wir haben unsere Decken zwischen die Eisenrippen gelegt, wir sind bereit für die Nacht.

Nur Jay fehlt.

»Er sollte um sieben Uhr hier sein«, sagt Robbie. »Er meinte, ich dürfe die zusätzlichen Schlafplätze nicht verkaufen, das wollte er selbst machen.«

»Die Bombardements können jeden Moment anfangen«, sagt Quinn. »Vielleicht schafft er es nicht mehr hierher und muss in einen öffentlichen Schutzkeller oder so einen Graben im Park.«

Ich sage nichts.

Ich habe nichts von meinem Besuch bei Sebastian erzählt, ich sage auch nicht mehr, dass es schäbig ist, Schlafplätze zu verkaufen – wie könnte ich, wenn Quinn Jay gleich wieder dafür bezahlt?

Jedenfalls, wenn er kommt.

Bisher haben wir Glück gehabt. Das wusste ich natürlich, aber in diesem Moment wird es mir erst richtig klar. Andere Häuser wurden zerstört, andere Menschen lagen unter dem Schutt.

Jede Nacht werden an andere Menschen Kofferanhänger gebunden, auf denen mit Bleistift gekritzelt ist, wo sie verletzt sind – das spart im Krankenhaus ein wenig Zeit. Und wenn die Kofferanhänger alle sind, schreiben sie es mit Lippenstift auf die Stirn. Mein Vater kennt sich aus: ein *X* auf der Stirn bei inneren Verletzungen, ein *T*, wenn es so schlimm geblutet hat, dass ein Tourniquet angelegt werden musste, um die Blutung zu stoppen.

Jede Nacht werden andere Menschen ins Badehaus gebracht, das jetzt ein Totenhaus ist.

Wir nicht.

Noch nicht.

»Bestimmt hat er ein Mädchen«, sagt Quinn. »Oder ein paar Mädchen. Wer weiß, was so ein gut aussehender Typ nicht alles macht.«

»Wer weiß, was du nicht alles machst«, sage ich, bevor ich mich beherrschen kann.

Sie fängt an zu lachen. »Das weiß ich genau. Heute habe ich zum ersten Mal in meinem Leben einen Fußboden gewischt. Ich habe Sandwiches geschmiert und Liegen aufgestellt und mit einer ganzen Gruppe Kindern gesungen…«

»Das klingt nach einem wunderbaren Tag«, sage ich knapp.

Ich drehe den Kopf weg, weil sie aufhören soll zu reden. Ich brauche meine Ohren, um auf Schritte zu lauschen.

Schritte, die jetzt endlich durch den Tunnel zu uns kommen oder heute Nacht wegbleiben.

Weil er irgendwo mit einem Mädchen in einer dunklen Ecke liegt oder mitten auf der Straße mit einem Anhänger am Zeh.

Und dann, um zehn Uhr abends, höre ich etwas.

Und sofort danach: »Aua, pass doch auf!«

Einen Moment später: »Vorsicht, du Trampel!«

Jay kommt durch den Tunnel. Langsam, schwankend.

Ich habe keine Ahnung, was mit ihm ist. Soll ich hingehen, um ihm zu helfen? Natürlich nicht – wir würden nur zusammen umfallen.

Wieder stolpert er fast, ich balle die Hände. Was macht er hier? Wenn er verwundet ist, muss er so schnell wie möglich zu einem Arzt. Wieder kann er sich gerade noch fangen. Er kommt immer näher und dann bleibt er endlich stehen.

Quinn, Robbie und ich sitzen zwischen den Eisenrippen, er ragt hoch über uns auf. Seine Arme und sein Gesicht sind mit Schmutzstreifen bedeckt, seine Kleidung ist ganz grau vom Staub. In der Hand hält er eine Papiertüte.

»Zum Teufel.« Er macht einen Schritt nach hinten. »Sitzen sie da und warten auf mich. Wie eine verdammte Schulklasse.«

Er nuschelt furchtbar. Aus der Papiertüte holt er eine dunkle Flasche. Er zieht den Korken raus und setzt sie sich an die Lippen.

»Und?« Mit dem Handrücken wischt er sich den Mund ab. »Heute noch was passiert? Ist das Hinkebein wieder in Ohnmacht gefallen? Hat Quinn noch mit ’nem anderen Stallknecht gefickt?«

Ich halte die Luft an.

»Nicht so laut.« Quinns Stimme klingt eisig. »Möchtest du etwa verhaftet werden? Du weißt schon, dass man sich hier besser nicht betrunken erwischen lässt, oder?«

»Wer *bist* du eigentlich?«, fragt Jay. Er setzt sich uns gegenüber auf den Boden, den Rücken gegen die Tunnelwand. »Eine steinreiche Schlampe, die meint, sie könne sich alles erlauben – das können nur Adelige sein. Na ja, du benimmst dich jedenfalls ziemlich *unladylike*, so viel steht fest.«

»So darfst du nicht zu ihr sprechen!«, flüstert Robbie empört.

»Ach nein?«

»Willst du eins drauf?« Mein kleiner Bruder schwingt die Arme. »Entschuldige dich bei ihr!«

Jay lächelt unsicher. »Dieser verflixte Krieg ...«, murmelt er. Er nimmt noch einen Schluck und hält die Flasche dann in die Höhe. »Portwein! Seit sechzehn Jahren laufe ich schon durch London, ohne je einen einzigen Schluck Port getrunken zu haben ... Lang leben die Bomben. Sie knacken dir die Häuser auf, als wären es Walnüsse. Knack, wieder eine Mauer kaputt. Knack, ein Keller offen – man braucht nichts mehr selbst zu machen.« Er fängt an zu lachen. »Solange die Flaschen nur heil bleiben!«

Ich spüre, wie mein Körper erstarrt.

Neben mir setzt sich Quinn aufrecht hin, und ich weiß genau, was sie jetzt sagen wird. *Tu es nicht*, rufe ich stumm, *bitte frag nicht.*

Ich will es nicht hören.

Jay verkauft Schlafplätze, er beleidigt Quinn, er macht mich lächerlich – und trotzdem sitze ich noch immer hier. Aber jetzt darf wirklich nichts mehr hinzukommen.

Wenn er wirklich sagt, was ich glaube, dass er sagen wird,

dann können wir ihn nie wiedersehen. Dann müssen wir ihn tatsächlich anzeigen.

»Du bist betrunken«, sagt Quinn. Ihre Stimme ist aus Stahl. »Ich möchte gern glauben, dass du wirres Zeugs von dir gibst. Aber erzählst du uns gerade, dass du die Flasche aus einem bombardierten Haus gestohlen hast?«

Ich halte den Atem an – und dann ist es zu spät.

»Yep«, sagt er zufrieden. »London ist ein einziger riesengroßer Süßwarenladen. Tausende Häuser sind zerstört. Aber wenn die Schutthaufen nicht in Flammen stehen, ist da durchaus noch was zu holen. Manchmal sogar eine ganze Flasche Portwein!« Wieder hält er die Flasche triumphierend in die Höhe.

Ich kann nicht mehr zu ihm schauen.

»Wir müssen weg von hier«, sage ich leise zu Quinn.

Sie nickt und steht auf.

»Weg?«, fragt Robbie. »Alles ist voll!«

Ich bin erschöpft, mein Bein tut weh, ich kann kaum mehr stehen. »Mutter und die anderen können bestimmt noch ein wenig zusammenrücken.«

»Können sie nicht!« Robbie verschränkt die Arme vor der Brust. »Ich war gerade noch dort, weil ich solchen Hunger hatte. Es ist proppenvoll. Da passen wir zu dritt niemals hin.«

Ich sage nichts mehr, weil ich weiß, dass er recht hat. Jede Nacht wird es in der U-Bahn voller. Und es gibt immer mehr Menschen ohne Dach über dem Kopf, und immer mehr Menschen, die nicht jede Nacht in ihrem viel zu engen, selbst ausgegrabenen *Anderson shelter* liegen wollen.

Alle Leute mit Garten haben von der Regierung ein Baupaket bekommen: große Metallplatten, mit denen man sich selbst einen eigenen Schutzraum bauen kann. Das wäre praktisch, wenn so ab und zu mal ein Stündchen lang Bomben fallen würden. Aber jetzt müssen ganze Familien nächtelang in einem eiskalten, feuchten, stockfinsteren Loch halb unter der Erde liegen.

»Die letzte U-Bahn fährt gleich«, sagt Quinn. »Und wir haben alle eine Fahrkarte ... Vielleicht ist auf einem anderen Bahnhof noch Platz?«

Ich schwanke. Ich rieche den Alkohol in Jays Atem, ich sehe seine verstaubten Arbeitsschuhe ein paar Zentimeter von meinen Schuhen entfernt, und ich kann nicht mehr klar denken.

Und dann hören wir ein neues Geräusch.

Ein tiefes Brummen, gefolgt von einem leisen Pfeifton.

Über der Erde nähern sich jetzt bestimmt wieder die Bombenwerfer. Die Klappen in ihren Flugzeugbäuchen öffnen sich und die Bomben schwirren pfeifend auf die Stadt nieder.

Die hören wir nicht.

Hier tief unter der Erde hören wir nur Jays Schnarchen.

Da liegt er, schräg gegen die Eisenrippe gesackt. Ohne seine Decke, die Portflasche an sich geklemmt. Den Mund halb offen, sein Gesicht im Schatten.

»Der wird so schnell nicht mehr wach«, flüstert Robbie.

Quinn und ich schauen uns an. Wir wollen nicht neben einem Lumpenhund schlafen, der bombardierte Häuser plündert. Stell dir das nur vor. Dein Haus ist zerstört, du kriechst mit deiner Familie irgendwo unter. Und dann kommst du am nächsten Tag zurück, um zu retten, was zu retten ist, und dann sind Jay und seine Kumpel dir zuvorgekommen. Haben dir deinen allerletzten Besitz geraubt.

Wir wollen nicht neben ihm schlafen, aber wir haben auch

keine Lust, jetzt mit unseren Decken durch die Stadt zu ziehen, vollgestopfte Bahngleise und brechend volle Schutzkeller abzuklappern.

»Wenn wir morgen sehr früh aufwachen«, flüstert Quinn, »dann liegt er bestimmt noch hier und schläft.«

Ich nicke. »Dann jagen wir ihm sofort die Polizei auf den Hals.«

»Na ja ... *fast* sofort. Erst muss ich von hier verschwinden, weil meine Eltern inzwischen bestimmt entdeckt haben, dass die Juwelen weg sind. Und dann sucht die Polizei auch nach mir. Also darfst du Jay anzeigen.«

»Gerne«, sage ich. »Hoffentlich sperren sie ihn ein.«

21

Ich wache auf, weil jemand gegen mein Bein stößt. Ich höre schlurfende Schritte und kneife die Augen zu, aber dann bin ich plötzlich hellwach.

Das hier stimmt nicht.

Ich höre den Gleiswächter nicht. Keiner brüllt, wir sollen den Bahnhof verlassen. Ich richte mich auf und sehe, dass alle noch schlafen.

Alle, außer Jay.

Die Flasche Portwein liegt noch da, aber er ist schon mindestens fünfzehn Schritte von uns entfernt. Ohne mich zu bewegen, schaue ich ihm nach. *Hoffentlich sperren sie ihn ein*, habe ich gestern Abend wütend gesagt. Aber jetzt tue ich nichts. Ich wecke niemanden, ich schreie nicht, dass der Schurke entwischt.

Die Silhouette in dem halbrunden Tunnel wird immer kleiner und ich schlucke mühsam. Sehe ich ihn jetzt zum letzten Mal? Wenn er Verstand hat, kehrt er nie wieder zurück. Wir wissen zu viel. Es gibt noch Hunderte andere Bahnsteige in London, die Stadt strömt über von Fremden, die man betrügen kann.

Aber nach ein paar Minuten kommt er wieder. Mein Herz hört auf zu schlagen.

Natürlich. Nach dieser ganzen Flasche Portwein musste er

einfach zu dem stinkenden Eimer. Ohne zu schwanken, kommt er immer näher.

Soll ich Quinn wecken? Soll ich so tun, als würde ich schlafen?

Und dann sieht er mich.

»Mensch, hab ich einen Durst!«, flüstert er heiser. Er setzt sich hin. »Hast du noch Tee?«

Er fragt es, als wäre alles in bester Ordnung. Als wäre er kein plündernder Lumpenhund.

Ich zögere. In ein paar Stunden schicken wir ihm die Polizei auf den Hals. Nach morgen früh werden wir ihn nie wiedersehen.

Aber das hier ist jetzt.

Alle schlafen, außer uns. Diese Minuten mitten in der Nacht fallen aus allem heraus. Das hier ist die Stunde ohne Käfige.

Ich nehme die Thermoskanne mit Tee, die eigentlich für morgen früh bestimmt ist, und stehe langsam auf. Er sitzt zwischen den Eisenrippen uns gegenüber.

Er riecht nach Alkohol und schwarz versengtem Holz.

Schweigend setze ich mich neben ihn. Ich drehe den Verschluss von der Thermoskanne, schenke Tee ein und reiche ihm den kleinen Becher. In dem Moment, als er aus Versehen nach meinen Fingern greift, schießt es heiß durch meinen Körper.

Seine Haut ist rau und warm und ich spüre alles gleichzeitig: dass wir beide leben, dass wir dicht nebeneinander atmen, während das Blut durch unsere Adern jagt, dass Brandbomben durch die Luft fliegen, dass sich Hitler irgendwo über eine Landkarte beugt und Pappfiguren herumschiebt – und ich denke an all die Monate, die ich allein in meinem Zimmer lag. Als schon Krieg war, aber noch nichts passierte. Als alle Menschen, die ich kannte, Angst hatten, ich würde sie anstecken.

Irgendwann in diesen ausgedehnten, einsamen Monaten drehte sich alles um. Da hatten die anderen keine Angst mehr vor mir, sondern ich bekam Angst vor ihnen.

Plötzlich sah ich es ganz klar. Jeder Körper ist eine Bombe voller Spucke und Schleim und Schweiß. Und sogar ein Körper, der ganz allein unter der Bettdecke liegen muss, sorgt für Aufregung.

Eine einzige Sekunde hält Jay mit dem Becher auch meine Finger fest, dann nur noch den Becher. Gierig trinkt er den heißen Tee, und sofort bittet er um mehr. Ich schenke mehr Tee ein und strecke meine Hand mit dem Becher nach ihm aus, aber jetzt weiß er, wo meine Finger sind, und nimmt ihn vorsichtig am Rand entgegen.

»Glaubst du, dass es die Hölle gibt?«, fragt er plötzlich.

»Ähm ... ja, schon? Oder ich meine ...«

Er unterbricht mich. »Ich fand das immer ziemlich übertrieben, diese Geschichten. Aber vor ein paar Stunden war ich da.«

»In der Hölle?«

»Ja.« Er streicht sich die Haare zurück. Ich sehe die Rußflecken an seinen Armen, seinen Wangen, seiner Stirn. »Mein Pa ist ein Dreckskerl, aber ich wollte schauen, wie's ihm geht. Ob er noch lebt. Also bin ich zurück nach Silvertown – da wohnen wir.« Er räuspert sich. »Da *wohnten* wir.«

Mucksmäuschenstill sitze ich neben ihm.

»Ich bin durch Limehouse gelaufen«, sagt Jay. »Durch Canary Wharf und Poplar und Canning Town. All die Viertel rund um den Hafen, voller Lagerhäuser und Fabriken, die plattgemacht werden sollten. Und mit Tausenden von Häusern – die jetzt also auch platt sind.«

Er greift nach meinem Arm. Funken tanzen über meine Haut.

»Es ist die Hölle dort. Halbe Viertel stehen in Brand, sie tropfen rauchend und zischend vom Löschwasser. Und bevor alle Flammen weg sind, kommt die nächste Nacht. Schwer verletzte Menschen werden aus den Trümmern gegraben, Männer mit Schaufeln kehren den Schutt um, damit sie möglichst viele Hände und Füße und Beine und Köpfe beieinander finden ...«

»Hör auf«, flüstere ich.

»Nein!«, flüstert er zurück. »Das passiert *jetzt*, ein paar Meilen von hier. Unsere Stadt wird weggefegt und was können wir tun? Nichts! Denn es ist nicht unser Krieg ... Ich darf noch nicht zur Armee und Quinn darf nicht Krankenschwester werden und wir sehen London vor unseren Augen abbrennen, während wir gerade erst mit unserem armseligen Scheißleben angefangen haben ...«

Er lässt meinen Arm los, aber ich spüre die Funken noch immer. Er ist ein Bündel flammender Wut und ich kann fast nicht glauben, dass er sich genauso fühlt wie ich: machtlos.

»Und was bleibt für uns? Wir dürfen artig in der Schlange stehen, während wir kaputtgemacht werden! Aber wie können sie denken ...« Ich höre, wie er die Zähne zusammenbeißt, spüre, wie seine Wut glüht. »Wie können diese Sausäcke glauben, dass ich weiter mitmache, wenn sie mich die ganze Zeit verarschen? Für keinen einzigen gottverdammten *Krümel* meines Lebens habe ich mich selbst entschieden. Ich hab nichts gelernt, mein Pa ist ein Widerling, meine Mutter ist bei Rosies Geburt verblutet und jetzt lassen sie auch noch das gesamte East End krepieren, weil man für die armen Schlucker keine Schutzkeller braucht … Wer sagt, dass man in so einer Welt keine sicheren Schlafplätze verkaufen darf? Wer sagt, dass man nicht für sich selbst sorgen darf, wenn niemand sonst das tut?«

Ein Tropfen gleitet über meine Wange, aber ich wische ihn nicht weg. Ich will nicht, dass er weiß, dass ich weine.

Ich habe keine Antwort auf seine Fragen.

Keine andere Antwort als: Wenn wir alle so denken würden, dann bliebe nichts, wofür es sich zu kämpfen lohnt. Wenn wir alle Schurken sind, dann ist es egal, wer gewinnt.

»Hast du deinen Vater gefunden?«, frage ich leise.

Spöttisch fängt er an zu lachen. »Yep. Mitten in der Hölle hatte er eine Kneipe entdeckt. Darauf kann man sich bei ihm verlassen! Die gesamte Fassade war weg, aber sie schenkten noch immer aus. Auf dem Gehweg stand ein Schild: *More open than usual.* Pa fand den Witz genial.«

»Und dann?«

Er zuckt die Achseln. »Ich habe mich neben ihn gesetzt. Er hat mir ein Bier bestellt, ich hab gefragt, woher er das Geld hat, und dann hat er es mir erzählt. Dass London ein einziger riesengroßer Süßwarenladen ist. Dass die Häuser Walnüsse sind und die Bomben Nussknacker. Die Leute nehmen ihr Geld mit und ihren Schmuck, wenn sie sich vor den Bomben verstecken, aber es bleiben immer Sachen zurück. Das also ist jetzt sein Handel.«

»Und du dachtest …« Ich schlucke. »Du dachtest: Was für eine großartige Idee. Das mache ich auch.«

»Die verarschen mich schon seit sechzehn Jahren. Warum sollte ich mich noch an ihre Regeln halten?«

Jetzt prickeln die Funken nicht mehr auf meiner Haut, ich spüre, wie sie wütend durch meinen Körper rasen. Wenn ich ein Mann wäre, würde ich ihn zusammenschlagen.

»Du bestiehlst nicht Hitler«, flüstere ich, »und auch nicht irgendwelche stinkreichen Schnösel. Du bestiehlst Menschen, die gerade ausgebombt wurden!«

Einen Moment sagt er nichts, dann seufzt er tief. »Ich habe es wirklich versucht. Auf dem Rückweg kam ich an einem Haus ohne Dach vorbei. Es war keine Bruchbude von irgendwelchen Habenichtsen, und es stand keine Polizei davor, weil sie nicht genügend Leute haben, um alle Schutthaufen zu bewachen. Also ging ich rein. Die Wände krächzten, Kalk rieselte hinab, ich lief durch dieses fremde Haus…« Er räuspert sich. »Ich fand eine Schachtel mit Silberbesteck für ein Kind. Mit Kaninchen darauf. Ich hielt es in den Händen und plötzlich musste ich mich fast übergeben. Ich konnte es nicht. Da habe ich nur die Flasche Portwein genommen und bin abgehauen.«

Er schweigt, und ich schweige auch.

Er hat das Silberbesteck mit den Kaninchen liegen lassen.

In diesem Moment ist die Welt nicht größer als drei Eisenrippen. Die Rippe neben ihm, die Rippe neben mir, die Rippe zwischen uns. Das ist alles. Sein Atem, mein Atem, ein Krieg, der nicht der unsere ist.

»Ich habe Kopfweh.« Er gähnt herzhaft. »Sogar der Portwein verarscht mich.«

Er legt sich hin, zieht sich die Decke über und macht die Augen zu.

Ganz still bleibe ich neben ihm sitzen. Meine karierte Tagesdecke liegt an der anderen Seite, aber das ist egal. Ich schlafe sowieso nicht.

Ich starre auf mein krummes Bein, auf den hohen Schuh mit den langen Schnürsenkeln und ich höre seine Stimme in meinem Kopf. *Hinkebein.*

22

Das war meine Schule.

Ich schaue zu dem alten Gebäude in der Herbstsonne, zu dem leeren Schulhof ohne Lärm. Hier sind keine Mädchen mit Reifen und Springseilen, keine Jungs, die Krieg spielen. Ich versuche, wehmütig an früher zu denken, aber es gelingt mir nicht.

Ich kann nur noch an gestern Nacht denken. An alles, was er mir erzählt hat. An seine Finger auf meiner Haut, an das Gefühl, dass wir beide die Einzigen waren, die es gab in der Dunkelheit.

Gestern war ich mir sicher: Es gibt nichts Schlimmeres, als vierzehn Jahre alt zu sein. Aber vielleicht lag ich ja falsch.

Vielleicht ist das hier ja der Anfang.

Ich muss mich beherrschen, sage ich zu mir selbst. Es ist Krieg, das sind nicht die Tage, an denen man mit einem Lächeln auf dem Gesicht über die Straße spaziert. Das sind nicht die Nächte, nach denen man sich sehnt.

Aber wie kann ich die Funken vergessen, wenn sie noch immer in meinem Körper sprühen?

Ich stoße das Gitter auf und gehe über den sonnigen Schulhof.

Vergangenen Sommer war ich zum letzten Mal hier. Die

Ferien fingen an, ich winkte meiner Freundin zu und wir konnten uns nicht vorstellen, ab Herbst wieder lange Regentage in unserem muffigen Klassenzimmer zu hocken.

Das geschah auch nicht.

In der letzten Augustwoche wurde ich krank. Am ersten September wussten alle, dass es Krieg geben würde, und die Evakuierungen aufs Land begannen. Während meine Klassenkameraden mit Gasmasken und Koffern beladen im Zug saßen und Lieder sangen, lag ich in der Eisernen Lunge und Robbie wartete zu Hause in Quarantäne.

Und jetzt werden in meiner Schule Menschen versorgt, die alles verloren haben. Ich gehe durch die Flügeltüren hinein und bleibe stehen. Die Eingangshalle mit ihrem ewigen Geruch nach Bleistiftspänen und nassen Stiefeln riecht jetzt nach Desinfektionsmittel und Feuer.

Es ist die Hölle dort, hat Jay letzte Nacht gesagt. Und das hier sind also die Menschen, die die Hölle überlebt haben. Da sind Männer, die wütend in einer Sprache sprechen, die ich nicht verstehe, eine alte Frau mit Blut in ihren weißen Haaren schleppt sich mit einer Kaminuhr und einer sperrigen Zimmerpflanze ab, verängstigte Kinder starren vor sich hin, während ihre zerfetzte Kleidung um ihre kleinen Körper hängt.

»Ella!«

Da ist Quinn. Sie trägt einen knallroten Schal um den Kopf, der Knoten ragt streitlustig nach oben.

»Komm mit, du musst mir helfen.«

Sie zieht mich quer durch die Gruppe wütender Männer, vorbei an einem lachenden Kleinkind und einem Tisch mit hohen Stapeln Formularen.

»Ich habe heute schon zwei Kakerlaken zertreten«, flüstert sie, »und die Flöhe machen mich verrückt, aber morgen komme ich wieder her. Und übermorgen auch. Ich werde gebraucht. Zum ersten Mal in meinem Leben bin ich *zu etwas nütze*...«

Sie zieht mich mit in die Küche am Ende des Gangs. Die Fenster sind beschlagen, auf dem Herd steht ein riesiger Topf mit Wasser.

»Sieh nur!« Sie zeigt auf eine Kiste voll mit modrigem Gemüse. »Was um Himmels willen ist das? Decken austeilen und Formulare ausfüllen, das kann ich. Aber jetzt soll ich Suppe kochen! Ich kann doch nicht sagen, dass ich noch nie im Leben gekocht habe? Dann merken sie doch, dass ich woanders herkomme...«

Jeder, der Quinn zwei Wörter hat sagen hören und drei Schritte machen sieht, weiß, dass sie woanders herkommt. Aber das werde ich ihr nicht erzählen. Schnell nehme ich mir eine Schürze vom Haken und gehe zur Anrichte.

»Das hier ist eine Pastinake.« Ich halte eine lange, gelbliche Rübe in die Höhe. »Das ist Kohlrabi, und Kartoffeln kennst du. Oder?«

Sie fängt an zu kichern. »So sehen die eigentlich aus? Auf meinem Teller sind sie meist gratiniert oder flauschig püriert, oder mit guter Butter übergossen...«

Einen Moment später stehen wir nebeneinander an der Anrichte. Quinn schält zum ersten Mal in ihrem Leben eine Kartoffel, ich rücke dem Kohlrabi mit einem gigantischen Messer zu Leibe.

»Wie lief es heute Morgen?«, fragt sie. »Hat die Polizei Jay erwischt?«

»Tja, also…« Mein Messer bleibt in der Luft hängen. »Ich habe ihn nicht angezeigt.«

»Was? Dann plündert er heute andere Häuser aus!«

»Nein«, sage ich, »das macht er nicht.«

Wir haben das Küchenfenster aufgemacht. Die niedrige Herbstsonne scheint herein, Hunderte Staubteilchen wirbeln durch die Strahlen.

Ich hole tief Luft, und dann erzähle ich von Jays Vater. Von dem Silberbesteck mit den Kaninchen und von seiner kleinen Schwester und den Brüdern, denen er jede Woche Geld schickt. Ich spüre, wie meine Wangen warm werden, und wünsche mir, so viel über ihn zu wissen, dass ich noch Stunden weiterreden könnte.

Aber als ich fertig bin, schaut Quinn ernst.

»Ella…« Sie zögert.

»Was?«

»Du weißt schon, dass Jay dir das nur erzählt hat, weil er unser Geld will? Er braucht Robbie als Assistenten, und er will, dass ich für Schlafplätze bezahle. Darum geht es ihm.«

Es fühlt sich an, als würde sie mir in den Bauch treten.

»Natürlich weiß ich das«, sage ich kühl.

»Zum Glück. Ich bin froh, dass du dich nicht zum Narren halten lässt. Er behandelt dich nämlich grässlich.«

Meine Hand umklammert das Messer.

Sie steht hier in der Küche *meiner* alten Schule. Sie kann nicht mal Kartoffeln schälen und sie ist nur ein Jahr älter als ich. Und trotzdem tut sie wie eine Dame von Welt, die alles versteht.

Und ich bin das erbärmliche Hinkebein, das froh sein muss, wenn ein dahergelaufener Halunke mit ihr spricht.

»Ich sehe doch, wie du ihn anschaust«, sagt Quinn leise. »Und ich verstehe es. Du hast gerade ein Jahr im Bett gelegen. Du hast so viel verpasst. Aber dieser Typ ist wirklich ein Schuft. Weißt du noch, was er uns gestern alles an den Kopf geworfen hat, als er betrunken war?«

»Absolut«, sage ich. Das Messer glänzt in der Sonne.

»Und ein paar Stunden später erzählt er dir von einem blöden Besteck, das er nicht geklaut hat, und dann zieht er sein Hemd mal wieder aus, und du denkst sofort, er ist ein Held …«

In der Ferne höre ich die wütenden Männer schreien. Frauen reden aufgeregt miteinander, ein Baby fängt an zu weinen.

»Da gibt es gar keinen Zweifel«, sagt Quinn. »Dieser Typ wird in der Gosse landen oder im Gefängnis. Als ich gerade erst hier war, konnten wir ihn gut gebrauchen. Aber jetzt ist das vorbei. Ich lasse mich nicht beschimpfen, und ich will nicht länger mit ansehen, wie er dich demütigt. Wir schlafen nicht mehr im Tunnel.«

»Wir konnten ihn gut gebrauchen?«, wiederhole ich.

Sie nickt.

»Und morgen?«, frage ich. »Machst du dich dann auf die Suche nach jemand anderem, den du ausnutzen kannst?«

Ich sehe, wie sie erstarrt.

»Du vergisst«, sage ich, »dass niemand hier jemals in der Gosse endet. Da sind wir bereits. Das hier ist die Gosse. Sebastian hatte recht, wir leben alle in Käfigen. Wir können …«

»Sebastian?«, sagt sie, und plötzlich verstumme ich.

Atemlos stehen wir uns gegenüber.

»Wann hat Sebastian das gesagt?«, fragt sie leise.

Staubteilchen umtanzen uns. Ich weiß, dass ich mich verplappert habe, aber ich finde es nicht schlimm. Jetzt habe ich das Sagen. Jetzt weiß ich mehr als sie.

»Gestern«, antworte ich.

»Du bist zu ihm zurückgegangen? Ohne mich?«

Ich nicke.

»Wie konntest du nur!«

»Ja«, sage ich. »Wie konnte ich.«

»Dazu hattest du nicht das Recht. Er ist *mein* Bruder.«

»Genau. Er ist dein *Bruder* und es fallen Bomben. Die Stadt ist voller Menschen, denen jemand fehlt. Also bin ich zu ihm gegangen und habe ihm erzählt, dass wir uns jede Nacht im Tunnel verstecken.«

Sie ist blass. »Er kommt zu uns? Echt, hat er das gesagt?«

»Nein. Er hat nichts gesagt. Ich habe ihm vom Tunnel erzählt, und dann hat er nichts mehr gesagt.«

Quinn sagt auch nichts mehr. Jetzt sieht sie nicht aus wie eine Dame von Welt, sondern wie ein verlorenes Mädchen.

»Ich wollte dir helfen«, sage ich. »Aber sieh nur zu, wo du bleibst. Und koch deine Suppe gefälligst selber!«

Ich werfe das Messer auf die Anrichte, reiße mir die Schürze runter und stolpere aus der Küche. Durch den langen Flur mit den leeren Haken, zurück in die Stadt, in der in ein paar Stunden der Luftalarm wieder losgeht. Wieder zurück zu dem Bahnsteig mit den Sardinenreihen, weil ich weiß, dass Quinn nicht mehr für meinen Platz im Tunnel bezahlen wird.

Ich war gekommen, um ihr zu helfen, und jetzt hat sie alles verdorben. Die Funken der vergangenen Nacht, seine Geschichten im Dunkeln – sogar seine nackten Arme ohne Hemd, an nichts kann ich mehr denken, ohne ihre Worte zu hören.

Du weißt schon, dass Jay dir das nur erzählt hat, weil er unser Geld will?

Er behandelt dich nämlich grässlich.

Und dann erzählt er dir von einem blöden Besteck, das er nicht geklaut hat, und zieht er sein Hemd mal wieder aus, und du denkst sofort, er ist ein Held…

Es ist Krieg. Das sind nicht die Tage, an denen man mit einem Lächeln auf dem Gesicht über die Straße spaziert. Das sind nicht die Nächte, nach denen man sich sehnt.

Das erbärmliche Hinkebein lässt sich nicht länger an der Nase herumführen.

23

Drei Tage lang fühlte sich die Welt größer an als sonst. Als ich Quinn den Weg zum Krankenhaus zeigte, hat sie unbemerkt die Tür meines Käfigs ein wenig geöffnet.

Als ich Sebastian singen hörte, drang neuer Sauerstoff hinein.

Und als ich letzte Nacht mit Jay sprach, schien es die Gitter überhaupt nicht mehr zu geben.

Aber jetzt bin ich zurück bei meiner Familie und ich weiß weder ein noch aus. Es ist sechs Uhr abends und der Essenskorb steht auf dem Bahnsteig. Meine Mutter holt Sandwiches hervor, ich schenke Tee ein, mein Onkel und meine Tante warten.

»Wo bleibt er denn nur?«, fragt meine Mutter beunruhigt.

Ich starre sie an, weil ich nicht verstehe, warum sie glaubt, Jay würde kommen. Er isst nie mit uns, und sie hat ihn nur ein einziges Mal gesehen. Da war ich bewusstlos und er hat mich über den Bahnsteig getragen.

»Ich gehe ihn suchen«, sagt mein Onkel.

In diesem Moment wird mir erst klar, dass sie nicht über Jay reden. Es geht um Robbie.

Mein kleiner Bruder ist nicht da.

Ich bin kein bisschen besser als die anderen. Ich saß da auf dem harten Bahnsteig und starrte auf den Picknickkorb, zu blind, um zu sehen, dass Robbie fehlte.

»Wir suchen oben«, sagt mein Onkel. Er winkt meine Tante herbei.

»Ella, nimmst du die linke Bahnsteigseite?« Meine Mutter schaut ernst. »Dann suche ich rechts.«

Ich nicke. Es ist noch zu früh, sich *wirklich* Sorgen zu machen. Hier unter der Erde lauert hinter jeder Ecke Unfug. Jeden Abend gibt es Kinder, die zum Spaß von einer Station zur nächsten fahren. Sie spielen Fangen in den hallenden Gängen, nerven das hübsche Mädchen, das ein Tablett voller Brote und Kekse um den Hals hängen hat, die sie verkauft. Wenn Robbie gerade keine Schlafplätze für Jay besetzt hält, ist er jederzeit bereit für ein Abenteuer.

Jederzeit, außer um sechs Uhr abends.

Das Abendessen ist heilig. Das lässt man nur aus, wenn man irgendwo blutend mit einem Kofferanhänger am Zeh liegt.

Der Bahnsteig ist rappelvoll, ich gehe über den schmalen Streifen, der noch frei ist. Immer schneller lasse ich den Blick über die Gruppen gleiten.

Leute sitzen plappernd da und essen kalte Pasteten, sie trinken *Cider*, rülpsen und jubeln, als eine alte Frau mit einer Augenklappe schon wieder das Kartenspiel gewinnt.

Dutzende, Hunderte Menschen. Aber kein Robbie.

»Ella«, ruft meine Mutter. »Hast du schon in dem Tunnel nachgesehen, wo ihr nachts schlaft?«

»Da kann er doch nicht sein?«, sage ich sofort. »Er weiß, dass wir jetzt essen!«

»Eben. Und trotzdem ist er nicht da…«

Sie bleibt stehen und wartet. Ich weiß, dass ich nichts daran ändern kann.

UXB, UXB, UXB, fluche ich stumm.

Es gibt kein Entkommen vor dem dunklen Loch.

Es gibt kein Entkommen vor dem Jungen, den ich nie mehr sehen wollte.

Ich muss wieder in diesen verfluchten Tunnel.

Mein Herz klopft schmerzhaft, als ich mich vom Bahnsteig sinken lasse. Im Halbdunkel stolpere ich über die riesigen Eisenrippen. Wie immer ist es heiß im Tunnel. Das warme, feuchte Menschenmeer zieht jetzt sogar Mücken an. Alle jammern darüber: Ratten, Flöhe und Läuse gab es schon, aber jetzt sind unter der Erde auch Moskitos.

Während ich den Schweiß auf meinem Rücken spüre, sage ich zu mir: Ich werde ihn unendlich kühl behandeln. Ich lasse mich nicht mehr von seinem schönen Gerede blenden. Wie viel Geld er seiner Familie auch schicken mag, wer Schlafplätze verkauft und mich beschimpft, ist ein Lump.

Und dann bleibe ich stehen.

Ich sehe ihn da sitzen, und es dauert ein paar Sekunden, bevor mir wieder einfällt, warum ich hier bin.

»Jay ...«

Es sieht auf. Einen Augenblick sehe ich sein Gesicht, wie es ist, wenn niemand schaut. Nicht die geringste Spur von Großtuerei.

»Weißt du, wo Robbie ist?«

»*Nope.*« Er streckt die Beine aus. »Aber wenn ich ihn sehe, kriegt er eins auf den Deckel. Er hat versprochen, hier zu sein.«

»Wann hast du ihn zuletzt gesehen?«

»Heute früh.« Er zieht die Augenbrauen zusammen. »War er nicht beim Essen?«

Ich schüttele den Kopf. »Er ist verschwunden.«

Im Dämmerlicht schauen wir uns an. Meine Hände zittern. Das hier war der letzte Ort, an dem Robbie hätte sein können.

»Er kommt ganz gut allein zurecht«, sagt Jay.

»Als wenn ich das nicht wüsste!« Nervös streiche ich mir die Haare aus dem Gesicht. »Ich muss zurück.«

Jay steht auf und greift nach seinem Hemd. »Ich komme mit.«

Er geht auf mich zu und bleibt kurz vor mir stehen. In aller Ruhe fängt er an, sein Hemd zuzuknöpfen, und bei jedem Knopf kann ich mich weniger gut daran erinnern, was Quinn alles zu mir gesagt hat.

»Was stehst du da noch rum?«, fragt er. »Wir müssen doch Robbie finden?«

»Und was ist mit den Schlafplätzen?« Ich zeige auf die leere Reihe, die er noch verkaufen muss.

Er zuckt die Achseln. »Morgen ist wieder ein Tag. Jetzt geben wir Robbie eins auf den Deckel. Komm mit, Hinkebein!«

Ich folge ihm durch die Finsternis. Er springt als Erster auf den Bahnsteig und reicht mir die Hand. Ohne etwas zu sagen, zieht er mich rauf.

Als wir bei meiner Familie ankommen, ist meine Mutter blasser, als ich sie jemals gesehen habe.

»Robbie ist den ganzen Tag nicht im Tunnel gewesen«, sage ich.

Mein Onkel wischt sich die Schweißtropfen von der Stirn.

»Der Portier oben konnte uns auch nicht weiterhelfen. Vielleicht …«

Er unterbricht sich, weil Jay schrill pfeift und den verstaubten Jungen herbeiwinkt, der an unserem allerersten Tag hier unten fünf Decken entfernt saß.

Das Kind rennt sofort zu uns.

»Du kennst doch Robbie, oder?«, fragt Jay. »Ich sehe euch oft zusammen.«

»Ja, wieso?« Der Junge trägt ein steinaltes Jackett, das ihm ein paar Nummern zu groß ist, und Schuhe mit Holzsohlen.

»Hast du Robbie heute gesehen?«

Der Junge nickt. »Heute Nachmittag, in der Schlange draußen.«

»Ist er mit reingekommen, als das Gitter hochging?«

»Nein, das nicht, er fängt Affen.«

»Affen?«, sagt mein Onkel streng. »Was für Affen?«

Der Junge fängt atemlos an zu erzählen. »Der Zoo wurde heute Nacht bombardiert, und da sind die Affen entwischt! Die rennen jetzt einfach so durch den Regent's Park. Der Zeitungsjunge hat das selbst gerufen …«

Während meine Familie aufgeregt durcheinanderredet, bleibe ich stocksteif stehen.

Ich denke an den Zoo, der sicherlich anderthalb Stunden Fußweg von hier entfernt ist. Ich kenne die Affen mit ihren kleinen rosa Gesichtern. Ihre kummervollen Menschenaugen umrahmt von graubraunem Fell.

Jedes Jahr an seinem Geburtstag steht Robbie endlos am Affenfelsen. Klar reitet er auf dem Kamel und verfüttert ein paar Erdnüsse an die Elefanten, aber es geht um diese Äffchen.

Und jetzt treffen die drei besten Sachen aus seinem Leben zusammen: entwischte Affen, Bomben und Abenteuer.

Jay sieht mich an. »Ist er wirklich so verrückt?«, fragt er leise. »Ist dein Bruder ganz allein hin zu diesem Park?«

»Ja. Gar keine Frage.«

Eine U-Bahn kommt am Gleis an. Die Türen öffnen sich, Leute strömen hinaus, aber ich achte kaum darauf. Wir sind Schutzsuchende, keine Reisenden. Noch ein paar Stunden, dann hören die Züge auf zu fahren und der ganze Bahnhof gehört wieder uns.

»Wir müssen zur Polizei«, sagt meine Mutter. »Es wird bald dunkel, Robbie ist allein …«

In diesem Moment spüre ich Jays Hand auf meinem Arm.

»Kommst du mit?«, flüstert er. Er nickt zu der bereitstehenden Bahn. »Wir finden ihn viel schneller als die Polizei.«

»Du willst zum Regent's Park?« Ich spüre die Funken wieder. Sie hätten für immer verschwinden sollen, aber sie funkeln wie nie zuvor. »Wir zusammen?«

Er nickt, und im selben Moment klaubt er auch schon ein Sandwichpaket von unserer Decke und zieht mich blitzschnell zu den offenen Türen der Bahn.

»Wir holen Robbie«, ruft er, während er mich mit hineinzieht.

»Wartet«, schreit meine Mutter, aber die Türen schließen sich schon.

»Keine Sorge!«, ruft Jay durch den letzten Spalt. »Wir finden ihn!«

Und dann sind die Türen zu und der Zug fährt los. Schwindlig halte ich mich an einer Stange fest. Die Fenster sind mit schwarzen Netzen abgeklebt, damit wir bei einer Explosion nicht von Glasscherben durchsiebt werden. In der Mitte von jedem Netz befindet sich eine winzige Öffnung, durch die man rausschauen kann.

Während der Zug immer schneller wird, sehe ich die erstaunten Gesichter meiner Familie verschwinden. Einen kurzen Moment noch gleitet der überfüllte Bahnsteig vorbei, und dann brausen wir in den stockfinsteren Tunnel.

24

Sind wir verrückt geworden? Ja, wir sind verrückt geworden.

Wir sitzen nebeneinander in dem schaukelnden Abteil und stopfen uns die Sandwiches in den Mund.

Die Reisenden um uns herum ignorieren uns, aber ich spüre die Missbilligung in ihren Blicken, obwohl sie uns *nicht* anschauen. Jay ist mit Abstand der Schmutzigste hier. Leute, die gerade aus ihrem Zuhause in Silvertown rausgebombt wurden, fahren nicht mit der U-Bahn. Magere, blasse Mädchen ohne Arbeit gehören hier übrigens auch nicht hin.

Und trotzdem sitzen wir nebeneinander und rauschen unter einer Stadt hinweg, die von Minute zu Minute dunkler wird: Die Sonne ist untergegangen, die Dämmerung wird immer undurchdringlicher, nirgends springen Lichter an. London macht sich bereit für eine weitere Bombennacht.

Und während ich schweigend kaue, will ich laut rufen: *Ich kann mich entscheiden.*

Wir können uns entscheiden. Wir sind vierzehn und sechzehn, wir haben diesen Krieg nicht angezettelt und wir bekommen nicht die geringste Chance, ihn zu beenden, aber zum ersten Mal seit Anfang der Bombardements fühle ich mich nicht mehr so unglaublich, zum Verrücktwerden ohnmächtig.

Wir steigen Oxford Circus um und dann ist es nur noch ein Halt bis Regent's Park. Als wir keuchend über der Erde ankommen, ist es Nacht.

»Gut«, sagt Jay gelassen. »Jetzt bist du dran. Wir sind am Park, aber weiter habe ich keine Ahnung.«

Ich atme tief ein. Wir stehen im Dunkeln auf dem Fußweg, neben uns rauschen die Bäume. Unter meinen Schuhen spüre ich, wie glatt die Gehwegplatten sind. Dicht neben uns verläuft eine Straße, ich sehe Autos vorbeifahren. Ihre Scheinwerfer sind bis auf einen dünnen Spalt abgedeckt, sie dürfen nur noch zwanzig Meilen die Stunde fahren.

»Du kennst dich hier nicht aus?«, flüstere ich. »Du bist noch nie im Zoo gewesen?«

»*Nope.* Wir bezahlen nicht, um Tiere zu sehen. Ratten und Flöhe gibt's ganz umsonst. Also sag du's nur. Wo müssen wir hin?«

Ich denke nach. Im vergangenen Jahr war ich natürlich nicht dabei, da war ich zu krank. Vor zwei Jahren war ich zum letzten Mal hier. Ohne so richtig aufzupassen, spazierte ich hinter meinem Vater her durch den gigantischen Park bis zum Zoo.

»Wir müssen erst über diese Straße.« Daran erinnere ich mich, dass ich nach Robbies Hand griff, um gemeinsam die stark befahrene Straße voller Doppeldecker und glänzender Autos zu überqueren.

Jetzt greift niemand nach meiner Hand. Minutenlang warten wir, bis von beiden Seiten keine Autos zu kommen scheinen, und dann gehen wir los.

»Auf gut Glück!«, sagt Jay munter. In den vergangenen Monaten sind jede Nacht Autos zusammengestoßen und wurden Menschen angefahren.

Gemeinsam überqueren wir die Straße. Ich weiß, dass er schneller gehen kann als ich, aber das tut er nicht. Da ist wieder ein Gehweg und dann stehen wir vor einem Zaun, der höher ist als wir. Im Licht der vorbeifahrenden Autos sieht man obendrauf funkelnde Metallspitzen.

»Das also ist der Zoo?«, fragt Jay.

»Noch lange nicht. Das ist erst der Anfang vom Park.« Ich zeige in die Finsternis. »Der Eingang ist ein Stück weiter.«

Aber als wir um die Ecke des Parks biegen, ist die Eingangspforte verschlossen. Ich greife nach den Eisenstäben und rüttele daran, aber nichts tut sich.

»Wir gehen drumherum«, sage ich. Meine Stimme klingt unsicher. »Gleich kommt wieder eine Straße, und danach fängt der Park erst so richtig an.«

»Ach ja?«, fragt Jay.

»Ja.«

Schweigend gehen wir weiter durch die Dunkelheit. Jetzt, da sich meine Augen an die Nacht gewöhnt haben, erkenne ich vage eine Reihe hoher Häuser auf der anderen Straßenseite und den weiß markierten Gehwegrand.

Wir überqueren die nächste Straße und dann stehen wir wieder vor einem fest verschlossenen Tor.

»Ähm«, sagt Jay. »Ich gehe nie in Parks. Ich habe wirklich Besseres zu tun. Aber werden Parks wirklich nachts abgeschlossen?«

»Offensichtlich«, sage ich. Das wusste ich auch nicht.

Ich lege die Hände um die kalten Eisenstäbe. Wir sind wirklich verrückt. Robbie ist bestimmt längst wieder zurück unter der Erde. Er weiß, dass jede Nacht Bomben fallen. Und der Luftalarm gleich wieder losgeht.

Aber da sind Affen entwischt. Echte Affen, die jetzt in den Bäumen dieses Parks herumklettern. Wenn man so einen zu sich locken könnte. Wenn man ein neunjähriger Junge wäre und ein graubraunes Äffchen mit Menschenaugen zurück in den Zoo bringen könnte …

»Du entscheidest.« Jay schaut ernst. »Willst du zurück? Oder willst du weiter?«

Die kühle Dunkelheit füllt meine Lunge. Hoch über meinem Kopf rascheln Blätter, irgendwo hupt ein Auto. Ich darf mich entscheiden.

Zurück oder weiter. Ich habe keine Ahnung, was »weiter« genau bedeutet. Ich weiß nur, dass ich in diesem Moment frei atmen kann, dass ich spüre, wie der Wind meine nackten Beine streichelt, dass in der Ferne eine Eule ruft, dass ich mich nicht den Rest meines Lebens unter der Erde verstecken will.

»Weiter«, sage ich also.

Jay stellt sich neben mich und tastet mit den Händen die Eisenstäbe ab, die Säulen neben dem Parkeingang, die Spitzen obendrauf.

»Die Eisenstäbe gehen ganz weit hoch«, flüstert er, »aber es gibt auch noch zwei, die quer rüberlaufen. Auf denen kann man stehen. Wenn ich dir erst da raufhelfe, schaffe ich es danach selbst schon irgendwie rüber.«

Ich finde den Plan gut, bis mir richtig klar wird, was genau er bedeutet. Jay faltet die Hände zu einer Räuberleiter, und ich muss einen Fuß da reinstellen. Dann ziehe ich mich an den Eisenstäben hoch und soll halb am Zaun, halb an ihm hochklettern, bis ich einen Fuß zwischen die Metallspitzen oben stellen kann. Und von dort aus soll ich dann in den Park springen.

Das alles mit einem verkrüppelten Bein und in einem Kleid, das eigentlich schon seit ein paar Monaten zu kurz ist. Und während es so dunkel ist, dass man keine Ahnung hat, welches Körperteil sich wo befindet. In einer Unterhose, die vor etwa drei Tagen zum letzten Mal gewaschen wurde. Und einem Jungen, der vor ein paar Wochen zuletzt ein Bad genommen hat.

»Jetzt den Fuß oben auf den Zaun stellen«, sagt Jay keuchend, während er mein anderes Bein gegen seine Brust klemmt. »Los, mach schon, Hinkebein!«

»Hör endlich auf mit diesem *Hinkebein*«, flüstere ich wütend.

Er schwankt, aber ich höre ihn grinsen. »Stört dich das?«

»Ja!«

»Ich meine es nicht böse, wirklich nicht.«

Mit einer Hand halte ich den Zaun fest, mit der anderen stütze ich mich auf seinen Kopf. Meine Arme zittern.

»Das sagt unser Nachbar auch immer«, flüstere ich. »Nachdem er seiner Frau mal wieder ein blaues Auge geschlagen hat.« Einen Moment ist es still. Mein Herz hämmert wie wild, meine Finger krallen sich in seine widerspenstigen Haare, und dann spüre ich, wie sein Kopf nickt.

»Ich verspreche«, sagt er außer Atem, »dass ich dich künftig mit dem größten Respekt behandeln werde. Soll ich sofort damit anfangen? Oder soll ich meine Hand erst von deinem Oberschenkel nehmen, wenn du endlich wirklich auf diesem Zaun sitzt?«

25

Meine Wangen glühen, meine Beine beben, um ein Haar hätte ich mich selbst auf dem Zaun aufgespießt. Mit viel Mühe sind wir in ein riesiges Freiluftgehege geklettert. Und dennoch fühle ich mich, als wäre ich endlich entwischt.

Im Park ist es kühler als auf der Straße. Ich ziehe mir die Ärmel meiner Strickjacke über die Hände und schüttele mich. Schritt für Schritt gehen wir über den stockfinsteren Weg. Blätter rauschen, überall ertönt Geraschel, die Luft riecht nach feuchter Erde.

Und dann schiebt sich eine Wolke zur Seite und wir sehen den Mond. Plötzlich ist die Welt voller Schatten und weichem glänzenden Licht. Der Park ist riesig. Ein breiter Weg erstreckt sich farblos vor uns, am Himmel schwebt ein silbergrauer Sperrballon. Reglos hängt er dort in der Nacht, festgekettet zwischen Himmel und Erde.

Jay flucht.

»Was ist denn?«, flüstere ich. »Endlich können wir was sehen!«

»Genau. Das sagen sich die Piloten jetzt auch.« Und dann brüllt er: »Robbieee!«

Ich erschrecke mich so sehr, dass ich fast umfalle. »Wo? Wo hast du ihn gesehen?«

»Ich habe ihn nicht gesehen«, sagt Jay, »ich suche ihn.«

»Idiot!«, sage ich sauer.

»Ach ja?« Er bleibt stehen. »Und warum darfst du mich wohl so nennen?«

Ich seufze. »Ich kann nichts dafür, dass ich hinke. Du kannst alles dafür, dass du ein Idiot bist.« Aber dann fange ich auch an zu rufen: »Robbie! Roooobbie!«

Seite an Seite gehen wir durch den verlassenen Park, wir rufen seinen Namen und sind dann wieder still, um zu hören, ob eine Antwort kommt. Ich habe eine Riesenangst, dass uns jemand bemerkt und die Polizei ruft, weil weit nach Sonnenuntergang zwei Spinner zwischen den Bäumen so viel Lärm veranstalten, aber der Park ist gigantisch und niemand hört uns.

Auch Robbie nicht. Jedes Mal, wenn wir aufhören zu rufen und auf eine Antwort warten, bleibt es still.

»Vielleicht ist er auch gar nicht mehr hier«, sage ich nach einer ganzen Weile Laufen und Brüllen.

Jay seufzt. »Bestimmt ist er längst wieder unter der Erde. Er hat Hunger bekommen und liegt jetzt schön warm im Tunnel.«

»Und wir rennen uns hier die Beine aus dem Leib! Dann ...«

Ich verstumme, weil plötzlich die Welt anfängt zu jammern. Die ganze Zeit habe ich mich geweigert, daran zu denken. Aber jetzt ist es so weit: Der Fliegeralarm heult los.

Totenstill bleiben wir stehen. Wir lauschen dem gespenstischen Geräusch, das von allen Seiten auf uns zukommt. Ich lege den Kopf in den Nacken und sehe, dass keine Wolken mehr da sind. Tausende Sterne funkeln am tiefblauen Himmel. Ob dieses schauerliche Gejammer bis in den Weltraum dringt? Ob jemand dort weiß, dass es uns gibt?

Aber vielleicht gibt es uns in zwölf Minuten schon nicht mehr.

Als die Sirenen nach einer Minute wieder schweigen, sehen wir uns an.

»Wir schaffen es nie rechtzeitig zu einem Schutzkeller«, sagt Jay.

Ich schlucke. »Nein.«

»Willst du's trotzdem versuchen?«

Ich hole tief Luft. Und dann schüttele ich den Kopf.

»Möchtest du sterben?«, fragt er ganz ruhig.

Schlagartig denke ich zurück an die pfeifende Bombe vor – wann war das? Vor noch nicht mal einer Woche. Ich hörte sie über unserem Haus sirren und dachte: von mir aus. Mach nur.

Jetzt stehe ich hier. Noch elf Minuten, dann sind die Flugzeuge da. Die dunkle Luft riecht nach Gras und Tautropfen, über meinem Kopf funkeln Sterne und zum ersten Mal seit der Eisernen Lunge weiß ich es sicher.

»Nein«, sage ich, »ich möchte nicht sterben.«

Ich strecke die Arme aus und denke an den Morgen im strömenden Regen, als Quinn mich fragte, ob es denn nichts gäbe, was ich will. Jetzt weiß ich es. Es ist verblüffend einfach.

Ich will weiter.

Ich will wissen, was jetzt kommt. Und später. Und morgen.

»Mit dir ist es niemals langweilig«, sagt Jay. »Das muss ich zugeben.« Er greift nach meiner Hand und zieht mich mit zu einer riesigen offenen Rasenfläche. »Wenn du während eines Bombenangriffs draußen bleiben willst, dann solltest du das schon richtig machen.«

Wir gehen in die Mitte des Rasens. Da bleiben wir gemeinsam stehen und warten. Noch neun Minuten. Vielleicht acht.

Er hält meine Hand noch immer fest und es fühlt sich an, als würde ich aus nichts anderem als Atem und Funken bestehen.

Noch sieben Minuten.

Zum ersten Mal verstehe ich Soldaten. Warum kerngesunde junge Männer bereit sind, in den Krieg zu ziehen. Nicht, weil sie so gern sterben wollen. Sondern weil sie spüren wollen, dass sie leben.

Noch sechs Minuten.

»Ich glaube ja nicht«, sagt Jay plötzlich, »dass ich sterbe, und du nicht. Aber falls doch ... Sagst du es dann meinen Geschwistern?«

Mein Blut rast. Ich lasse seine Hand los, denn es ist unmöglich, mit ihm zu reden, während ich seine Haut spüre.

»Wo sind sie denn?«

»Beechwood Lane ...« Er unterbricht sich. »Du musst es aufschreiben. Du darfst es nicht vergessen.«

»Ich habe kein Papier dabei.«

Er sieht mich an. Noch fünf Minuten. »Warum hast du eigentlich dein Tagebuch damals zerrissen?«

Die Welt dreht sich zu schnell. »Was? Da warst du gar nicht dabei!«

»Doch. Ich konnte dich ja wohl nicht allein durch den Bahnhof laufen lassen? Es war mitten in der Nacht, also bin ich dir gefolgt. Glaub mir, London ist voller Schurken ...«

»Ach ja?« Meine Stimme zittert. »Gibt es in dieser Stadt etwa betrunkene Plünderer?«

Er antwortet nicht. Er späht in die Ferne.

»Du hast da gestanden«, sagt er. »Ganz allein auf dem Gehweg. Die Schnipsel flogen durch die Luft und ich hatte keine

Ahnung, ob du reinkommen würdest, bevor die Flugzeuge da sind…«

»Das war kein Tagebuch«, sage ich. »In dieses Heft habe ich über ein Leben geschrieben, das es nicht gab.«

»Warum?«

Noch vier Minuten. All meine Sinne sind geschärft.

»Ich war krank. Ich wusste nicht mehr, was ich tun sollte. Dieses Heft war …« Ich stelle mich aufrecht hin. »Es war mein Ticket nach Amerika.«

»Ich würde mein Ticket ja nicht zerreißen«, sagt er sofort.

»Du sparst auch für ein echtes Ticket. Mein Ticket war nichts als Einbildung.«

Einen Moment ist es still. Noch drei Minuten.

»Beechwood Lane 22«, sagt er dann. »Wenn du kein Papier hast, musst du's dir eben merken. Das mache ich auch. Man bekommt ein großartiges Gedächtnis, wenn man die Hälfte der Buchstaben vergessen hat.«

Noch zwei Minuten.

Er wiederholt die Adresse für mich, er sagt mir den Namen der Leute, bei denen seine Geschwister jetzt wohnen, und lässt mich dann alles wiederholen. Noch einmal. Und noch einmal.

Und dann hören wir in der Ferne ein leises Sirren.

»Jetzt kommen sie«, flüstert er.

26

Der Wind streicht mir durch die Haare, meine Lippen sind trocken. Jay steht dicht neben mir auf der weiten Rasenfläche. Mein altes Leben ist zerrissen, ich will wissen, was jetzt kommt.

Das Sirren wird lauter, die Luft flimmert.

Einer nach dem anderen springen die Suchscheinwerfer an. Es sieht aus, als würden Riesen miteinander spielen. Als wären sie zusammen im Ferienlager und würden mit ihren Taschenlampen in die Nacht leuchten.

Die mächtigen Lichtbündel peitschen am Himmel entlang. Hoch oben kreuzen sie einander und überstrahlen dabei jeden Stern. Und dann hören sie mit ihrem Spiel auf: Sie haben etwas entdeckt.

Ich halte die Luft an.

Ein dunkler Schwarm Bomber ist im Licht gefangen. Sie fliegen in Formation, nähern sich dem Stadtzentrum. Das Dröhnen ihrer Motoren vibriert in meinem Bauch. Sie kommen immer näher und ich kann nicht mehr denken. Ich weiß, dass ich Angst haben müsste, aber das Vibrieren fühlt sich an wie Aufregung, es dringt bis in die Tiefen meines Körpers und ich will, dass es weitergeht.

In diesem Moment rattern die Abwehrgeschütze los. Durch

die ganze Stadt klingt es, als hätten die Riesen Hunderte von Töpfen hervorgeholt und würden wütend auf ihnen herumtrommeln, blitzschnell darauf ticken, ausgelassene Wirbel schlagen. Granaten zerplatzen im Licht der Scheinwerfer.

Alles zittert, aber die dunkle Formation fliegt unerschütterlich weiter. Und dann fallen die Bomben.

Jetzt haben die Riesen eine neue Aufgabe: Alle gleichzeitig kratzen mit den Fingernägeln über eine Schultafel. Pfeifend und kreischend stürzen die Bomben hinab.

Einen winzigen Moment sind sie still.

Und dann explodieren sie.

Nach zehn Sekunden kann ich mir nicht mehr vorstellen, dass es jemals keine Bomben gegeben hat. Die Explosionen sind ohrenbetäubend, die Erde bebt, da sind Lichtblitze und Flammen, Rauch steigt bis zum Mond.

Außer Atem schaue ich zu Jay. Sein Gesicht wird von Fackeln erleuchtet, die an Fallschirmen hinabsegeln. In seinen Augen spiegeln sich die weißgrünen Flammen, jeder Muskel in seinem Körper ist angespannt.

Und dann denke ich an Robbie.

Seit dem Moment, als die Sirenen losgingen, fühlte es sich an, als seien Jay und ich die einzigen Lebewesen auf der Erde. Außer uns gab es nur die Bomben. Wir trotzten dem Schicksal, wir forderten Hitler heraus, der Rest der Welt saß in Sicherheit unter der Erde.

Aber wo ist Robbie?

Natürlich sitzt er längst wieder im Tunnel. Das muss einfach so sein. Aber was, wenn ... Mein Mund ist trocken. Was, wenn er doch noch draußen ist? Wenn er die ganze Zeit durch den Park gelaufen ist und keine Ahnung hatte, was er tun sollte, als der Luftalarm losging?

Auf der Straße kann man sich die Bomben nicht mal ansehen. Sobald die Sirenen anfangen zu heulen, wird man von einem Nachbarschaftswächter in den nächsten Schutzkeller geschickt. Aber hier im Park gibt es keine Wächter. Hier braucht niemand gerettet zu werden.

Außer heute Nacht.

»Wir müssen weg hier!«, schreie ich.

Zum ersten Mal, seit wir die schwirrenden Flugzeuge gehört haben, dreht Jay mir sein Gesicht zu. Ich sehe es in seinen Augen: Er hatte den Rest der Welt auch vergessen. Es ist idiotisch, wie das Echteste im Leben sich vollkommen unecht anfühlen kann.

»Das geht noch Stunden so weiter«, schreie ich. »Jay, wir können hier nicht bleiben!«

Er scheint aufzuwachen. Er streicht sich durch die Haare und schaut sich um. Der Boden zittert unter unseren Füßen, in der Ferne höre ich das Dröhnen neuer Flugzeuge.

»Im Zoo muss es auch einen Luftschutzkeller geben«, ruft er. »Komm mit!«

Daran hatte ich noch gar nicht gedacht. Jedes Kaufhaus, jedes Hotel, jedes große Gebäude hat seinen eigenen Schutzkeller.

»Vielleicht ist Robbie ja auch dort«, schreie ich.

Ich sehe, dass Jay mich hört, aber er gibt keine Antwort.

Während die Suchscheinwerfer hungrig über den Himmel peitschen, rennen wir los. Stiche schießen durch mein Bein, mein Fußgelenk knickt um, mein Körper ist ganz steif vor Kälte. Das märchenhafte Gefühl, das ich vor einer Viertelstunde noch hatte, die berauschende Aufregung, die darauf folgte – sie sind verschwunden.

Es gibt nur noch Panik.

Keuchend stolpere ich weiter, während Jay neben mir rennt. Ich will rufen, dass er vorlaufen darf, dass er mich im Stich lassen darf, aber es gelingt mir nicht.

Sobald es einen Moment lang keine Explosion gibt, höre ich bimmelnde Feuerwehrautos und Krankenwagen. Ich habe keine Ahnung, in welche Richtung sie fahren. Ich weiß nur, dass die Flugzeuge immer aus dem Osten kommen, erst über den Hafen fliegen und dort die meisten Bomben fallen.

Vielleicht haben wir ja Glück.

»Los!«, schreit Jay. »Wir mü–«

Seine Stimme bricht ab.

Die Riesen kratzen wieder mit den Fingernägeln über die Tafel, das Kreischen ist ohrenbetäubend.

Und dann hört es auf.

Ich bin wieder in der Eisernen Lunge. Das muss wohl so sein, denn ich kann nicht mehr atmen. Der Blasebalg hat allen Sauerstoff weggesaugt, es ist nichts mehr übrig.

Ohne Luft ist die Welt leer.

Geräuschlos stürzt alles zusammen.

27

Ich liege auf dem Boden.

Es ist stockfinster, ich schmecke Erde und Blut. Warme Flutwellen überspülen mich, sie saugen an meinen Kleidern und blasen Sand und Kieselsteinchen durch die Luft. Ich liege flach auf dem Bauch und trotzdem ist es, als würde ich fallen. Ich kralle die Finger in die Erde, um mich festzuhalten, ich drücke meinen Körper in den Boden.

Und dann hört der Blasebalg auf zu blasen und die Wellen hören auf zu krachen und ich kann aufhören zu denken.

Weit weg höre ich eine Stimme, die meinen Namen ruft.

Der Boden fühlt sich hart und zugleich weich an, mein Kopf ist warm und kalt, das Meer rauscht in meinen Ohren.

»Ella!«

Die Stimme kommt näher, und plötzlich spüre ich Hände an meinem Körper. Sie drehen mich auf den Rücken und warme Finger wischen über meine Nase und meine Lippen.

»Igitt«, murmele ich schläfrig. »Deine Hände sind schmutzig. Du wäschst sie nie.«

Und dann ist mein Kopf plötzlich klar. Sand pikst in meine Augen, ich spucke Erde aus, meine Knie brennen. »Jay! Das war eine Bombe ...«

»Yep.« Er räuspert sich. »So gerade eben weit genug von hier. Im Rasen ist ein mächtiger Krater.« Er wischt mir noch einmal übers Gesicht. »Probier mal, ob du aufstehen kannst. Wir müssen hier weg.«

Es dauert einen Moment, bevor ich mich daran erinnere, wo meine Arme und Beine sind. Ich versuche sie zu bewegen, und es geht. Vorsichtig setze ich mich auf.

»Bist du verletzt?«, frage ich.

»Ein paar Schürfwunden.« Er wischt sich über den Unterarm. »Mehr nicht.«

Ich schaue auf seinen Arm und im Mondschein sehe ich etwas Glänzendes. Ich greife danach und die Haut fühlt sich klebrig an.

»Du blutest!«

»Das ist nichts. Ein Schnitt. Wir haben gerade einen Bombeneinschlag überlebt ...«

Überall um uns herum, außerhalb des dunklen Parks, höre ich bimmelnde Feuerwehrwagen und ab und zu einen dumpfen Schlag. Über unseren Köpfen ist der Himmel kurz leer. Ich rieche Feuer in der Ferne und ganz in der Nähe umgewühlte Erde, feuchtes Gras und Jay.

Er sitzt dicht neben mir und sieht mich an.

Ich schaue zurück. Es ist fast zu dunkel, um etwas zu erkennen, darum traue ich mich. Sein Gesicht ist voller Schatten, wir haben gerade einen Bombeneinschlag überlebt.

Wir seufzen genau gleichzeitig und ich sehe ihn lachen. Und dann küsse ich ihn.

Seine Lippen sind warm und sandig, ganz kurz lege ich meine Hand in seinen Nacken und dann lasse ich los.

Ohne etwas zu sagen, rappel ich mich auf und fange an zu rennen. Meine Lippen glühen, meine Wangen brennen. Mein Körper hat mächtig einen abbekommen, aber mein Kopf noch viel mehr.

Ich kann es nicht glauben.

Er hat nichts gesagt, er hat nichts getan, er hat nur geschaut. Und da habe ich ihn geküsst.

Über meinem Kopf brüllen neue Flugzeuge, hinter mir höre ich schnelle Schritte, und in der Ferne kracht etwas donnernd zusammen. Es ist, als würde dieser Weg niemals enden, als würden wir die ganze Zeit im Kreis laufen, als ob …

»Warte!«, höre ich plötzlich eine hohe Jungenstimme. »Warte auf mich …«

Mein Herz schlägt unbändige Purzelbäume.

»Robbie!«, schreie ich.

Zwischen den Bäumen kommt ein dunkler Schatten angerannt. Er fliegt geradewegs auf mich zu, und dann ist er in meinen Armen.

Sofort fängt er an zu weinen. »Ella! Ich lag unter einer Bank … Ich dachte schon, ich müsste da die ganze Nacht bleiben!« Er drückt die Nase in meine Schulter. »Ich habe Schritte gehört, und da habe ich gerufen. Und da habe ich deine Stimme gehört …«

Ich halte ihn ganz fest. Er ist kalt und er zittert, aber er lebt.

»Was macht ihr hier?«, fragt er schließlich.

»Du bist gut!«, ruft Jay. Er schaut nur zu Robbie, nicht zu mir. »Wir haben dich gesucht, du Mondkalb.«

»Wirklich?« Robbie lässt mich los. »Ich wollte die Äffchen fangen.« Er wischt sich mit dem Ärmel über die Nase. »Fast hätte ich eins erwischt. Es war wahnsinnig schön. Es hangelte durch die Bäume und ich lief immer hinter ihm her und …«

»Das reicht«, sagt Jay kurz angebunden. »Morgen früh kriegst du eine Tracht Prügel, aber jetzt brauchen wir einen Schutzkeller. Weißt du, wie wir so schnell wie möglich zum Zoo kommen?«

»Mann«, ruft Robbie, während er sich noch ein paar Tränen abwischt, »verstecken wir uns im Zoo? Das ist toll!«

Jay seufzt und ich halte die Luft an. Wird er mich jetzt wieder ansehen?

Aber er tut, als würde es mich nicht geben. Er redet mit Robbie, gibt ihm einen Schubs und dann rennen sie zusammen über den breiten Weg los. Und während in der Ferne die Bomben wieder fallen, komme ich allein hinter ihnen her.

28

Die restliche Nacht ist vollkommen farblos. Geräusche klingen dumpf, mein Körper ist eisig. Jeden Gedanken an Flugzeuge, Suchscheinwerfer und sandige Lippen unterdrücke ich mit aller Kraft.

Wir haben einen sicheren Platz gefunden. Denken ist nicht mehr nötig.

Robbie wusste genau, wo der nächste Eingang vom Zoo war. Dort haben wir so lange laut gerufen, bis uns ein Wächter hörte. Jede Nacht patrouillieren Männer mit Stahlhelmen zwischen den Tieren: Brandbomben müssen so schnell wie möglich gelöscht werden, beschädigte Käfige repariert.

Ein magerer Mann mit wildem Bart öffnete uns das Tor. Natürlich wurden wir zusammengestaucht, und natürlich durften wir mitkommen.

Jetzt sitzen wir in einem kahlen Fußgängertunnel, in dem sich an beiden Eingängen massenweise Sandsäcke auftürmen. An der Wand stehen schmale Holzbänke, es gibt zwei qualmende Öllampen und Männer, die Karten spielen. Ein Wasserhahn ist hier nicht, also sind Jay und ich noch genauso dreckig wie zuvor.

Robbie hat sich sofort mit dem Zebrapfleger neben ihm angefreundet. Während ich mit geschlossenen Augen den Kopf gegen die Wand lehne, höre ich den Mann erzählen.

Nach dem Bombardement gestern Nacht waren nicht nur die Affen entwischt, sondern auch ein Zebra. Das Tier galoppierte eine Meile quer durch London, bevor sie es einfangen konnten.

Neben mir sitzt Jay. Er hat noch immer kein Wort zu mir gesagt.

Ich falte meine aufgeschürften Hände, und ohne es zu wollen, fliegt mein Gehirn zurück zu dem dunklen Rasen. Ich sehe wieder, wie wir gemeinsam Ausschau hielten. Die Welt flimmerte, und einfach nur zu warten, fühlte sich an wie eine Heldentat.

Ich kann nicht glauben, dass ich so ein wahnsinniges Risiko eingegangen bin. Dass ich beschlossen habe, während eines Bombardements draußen zu bleiben, und dass ich es auch noch aufregend fand.

Ich kann nicht glauben, dass ich an einem einzigen Abend mindestens fünfmal vergaß, dass ich meinen kleinen Bruder suchte, dass ich mir einfach keine Sorgen gemacht habe.

Und ich kann nicht glauben, was passiert ist, nachdem eine Bombe fiel und wir feststellten, dass wir noch lebten.

Die ganze Nacht schweige ich. Und Jay auch. Und Robbie lernt alles, aber auch wirklich alles über den Zoo.

Als früh am Morgen endlich das *All Clear* kommt, rappeln wir uns mühsam auf. Ich spüre, dass ich ein paar Stunden zuvor durch die Luft geschleudert wurde, meine Augen brennen, in den Schürfwunden auf meinen Knien klebt getrocknete Erde.

Langsam gehen wir durch den menschenleeren Zoo. Die Sonne geht gerade auf, Nebelschwaden hängen tief am Boden, die ersten Bäume bekommen Herbstfarben. Ein Kamel steht ganz ruhig da und kaut Gras, ein Braunbär liegt mit dem Kopf auf den Pfoten in einem Betonverschlag. Sogar Jay gelingt es nicht, Robbie zur Eile anzutreiben.

Als wir endlich durch den Haupteingang rausgehen, hält ein Taxi an. Der Wagenschlag öffnet sich und Quinn springt raus.

»Ihr lebt noch!«, schreit sie in den stillen Morgen.

Sie stürmt auf uns zu und versucht, uns alle gleichzeitig zu umarmen. Aber das gelingt ihr nicht, denn zwischen Jay und mich passt mindestens ein halbes Lama. Alle reden durcheinander, Quinn gibt Robbie eins auf den Deckel und dann will sie alles über unser Abenteuer hören.

»Wie kannst du jetzt hier sein?«, rufe ich zwischendurch. »Du warst doch gestern Abend überhaupt nicht im Bahnhof!«

»Doch, war ich doch.« Plötzlich schaut sie ernst. »Erst wollte ich nicht hin. Aber wenn es die Chance gibt, dass Sebastian in den Tunnel kommt, dann muss ich dort sein.«

»Wer ist Sebastian?«, will Robbie wissen, aber Quinn antwortet nicht.

»Ich bin in den Tunnel gegangen«, sagt sie, »aber ihr wart nicht da. Eure Familie war in heller Aufregung, aber es war zu spät, euch noch zu suchen. Die Bombardements fingen schon an. Also bin ich gleich heute Morgen hergekommen. Ich traute mich kaum, zu hoffen ...« Sie schaut zu Jay und mir und seufzt tief. »Das war wirklich sehr mutig von euch.«

»Das war überhaupt nicht mutig«, sage ich aufgebracht. Mir ist kalt und meine Muskeln schmerzen und ich will diesem unsichtbaren Lama einen kräftigen Tritt verpassen. »Wir waren verrückt. Wir sind ein idiotisches Risiko eingegangen und das hätten wir niemals tun sollen.«

»Oh nein?« Jay hat sich die Hände in die Hosentaschen geschoben. An seinem Ärmel ist Blut. Das ist das allererste Mal, dass er mich wieder ansieht. »Wir haben diesen Rotzbengel doch gefunden? Ohne uns hätte er die ganze Nacht draußen unter einer Bank gelegen.«

»Wir haben uns völlig mitreißen lassen«, sage ich wütend. »Wir haben alles um uns herum vergessen. Wir sollten uns was schämen.«

»Ich würde es wieder so machen«, sagt er ruhig. »Du nicht?«

»Natürlich nicht!«

»Das ist gut zu wissen.« Er zuckt die Achseln. »Na ja, dann küsst du mich beim nächsten Mal eben nicht. Problem gelöst.«

Plötzlich ist es totenstill. Im Zoo höre ich Vögel kreischen, ein Esel schreit, aber hier auf dem Gehweg spricht keiner mehr.

Quinn und Robbie schauen, als säßen sie im Kino. Mit angehaltenem Atem warten sie ab.

»Wir müssen nach Hause«, sage ich energisch. Ich laufe los. »Kommt mit.«

»Darf ich auch mit?«, fragt Jay ungläubig.

»Nein, natürlich nicht!«

Er seufzt. »Schade.« Und dann fängt er an zu grinsen. »Ich dachte, du wolltest mich vielleicht noch einmal mitreißen.«

29

Drei Tage lang passiert überhaupt nichts. Außer dass immer noch Krieg ist. Wir kennen den Rhythmus vom In-der-Schlange-Warten und vom Unter-der-Erde-Warten, wir haben uns an Feuer am Himmel gewöhnt und an Straßen voller Löschwasser, unter unseren Schuhsohlen knirscht es ständig, weil die Gehwege mit Glas übersät sind.

Die Nächte im Tunnel ertrage ich nur dank der Regeln, die ich aufgestellt habe, während ich mich in unserer Küche wusch. Vom Zoo aus brachte Quinn uns mit dem Taxi nach Hause. Meine Eltern waren auf ruhige und beherrschte Art außer sich vor Freude und nach dem Frühstück setzte meine Mutter einen Kessel Wasser auf. Und dann ließen sie mich allein.

Langsam zog ich mir meine Sachen aus. Ich tauchte den Waschlappen in das warme Wasser und fing an, mich zu waschen. Meine aufgeschürften Knie, meine blau-grün gefleckten Arme, meine geschwollenen Lippen, mein Bein. Ich sah, wie knochig mein Unterschenkel ist, wie dünn das Fußgelenk, wie sich der Fuß nach innen dreht. Und dann habe ich die Regeln aufgestellt.

Erstens. Mein Käfig ist nicht aus Eisen, sondern aus Muskeln und Knochen.

Wie sehr sich die Welt auch verändert, ich werde weiter hinken. Es gibt nur eine einzige Lösung: Ich muss zurück zu einem Leben auf Papier. Es ist Zeit für ein neues Geschichtenheft. Auf dem Papier wird man auf jeden Fall weniger oft durch die Luft geschleudert.

Zweitens. Es wird nicht mehr geküsst.

Ein bildschönes Mädchen, das von jedem Mann vergöttert wird, kann ihren Käfig sorglos zum Küssen verlassen, wenn sie Lust hat, jemanden zu berühren. Dann nennt man sie »modern«. Ein Hinkebein, das einfach mir nichts, dir nichts jemanden küsst, heißt »aufdringlich«.

Drittens. Carry on.

Ich will nicht sterben, ich will wissen, wie es weitergeht. Ich darf denken, was ich will, ich darf schreiben, was ich will, ich darf fühlen, was ich will. In meinem Kopf kann niemand Gitterstäbe anbringen und vielleicht ist das ja genug.

Am vierten Abend nach dem Zoo setzt sich Quinn neben mich und greift nach meinem Arm.

»Ich kann nicht mehr«, sagt sie. »Ich werde noch verrückt.«

Ich sehe von meinem neuen Geschichtenheft auf. Es ist ein altes Schulheft, das noch halb leer war. Auf dem Bahnsteig gibt es mehr Licht zum Schreiben, aber da ist auch mehr los. Jetzt, wo alle begriffen haben, dass wir vielleicht monatelang jede Nacht hier hocken müssen, fangen Leute an, Clubs zu gründen: Schachclubs und Strickclubs und Leseclubs und einen Chor, der sich jetzt schon darauf freut, bald Weihnachtslieder zu singen.

Es ist gleichzeitig wundervoll und beängstigend zu sehen,

wie schnell sich Menschen anpassen können. Dieses Leben unter der Erde fühlt sich schon fast normal an.

Aber nicht alle halten es durch.

»Ich werde noch verrückt«, sagt Quinn wieder. »Vor fast einer Woche warst du bei Sebastian. Und jetzt ist es klar: Er kommt nicht. Ich muss aufhören auf ihn zu warten, aber wie macht man das? Ich haste jeden Abend hierher, ich schaue bei jedem Schritt im Tunnel auf…«

»Ich dachte wirklich, er würde kommen«, sage ich. »Es tut mir leid.«

»Quatsch! Das ist ja nicht deine Schuld.« Sie seufzt. »Ich bin ein Hitzkopf. Jay habe ich auch so runtergeputzt. Ich hielt ihn für einen geldgierigen Schurken, und ein paar Stunden später riskiert er sein Leben, um Robbie zu finden…«

Ich sage nichts.

Unser Platz im Tunnel fühlt sich wieder an wie Niemandsland. Überall ertönt hektisches Stimmengewirr, nur hier nicht. Jay und Robbie haben sich auf den Weg gemacht, um bei dem Mädchen mit dem Tablett extra Brötchen zu kaufen, wir halten ihre Plätze frei.

Quinn nimmt meinen Bleistift und fängt an, auf der Eisenrippe zwischen uns Striche zu ziehen. Plötzlich schüttelt sie ungeduldig den Kopf. »Zu Hause war's viel leichter, die Rebellin zu sein! Behütet auf einem Landgut mit meinen Eltern und drei Schwestern konnte ich einfach gegen alle wettern. Ich wusste, dass sich die Welt ändern musste, und das fühlte sich großartig an.«

»Das weißt du doch immer noch?«

Sie nickt, aber sie sagt nichts. In nur einer Woche ist sie ziemlich mager geworden. Ihre Hände sind noch schmutziger als meine.

»Weißt du, was so verrückt ist?«, sagt sie.

Ich schüttele den Kopf.

»Meine Eltern werden sich niemals ändern. Wir sind nie einer Meinung und trotzdem vermisse ich sie.«

Ich schlinge die Arme um meine Knie. Es ist warm im Tunnel, aber mein Bein fühlt sich immer kalt an.

»Du brauchst dich nicht zu entscheiden«, sage ich. »Du darfst die Welt verändern und gleichzeitig deine Eltern vermissen. Das geht beides.«

»Glaubst du das wirklich?«

Ich nicke.

Allmählich entspannt sich ihr Gesicht. Sorgfältig wischt sie mit dem Finger alle Bleistiftstriche vom Eisen. Sie erinnert mich an einen Gefangenen, der nach Hause gehen darf.

»Gehst du zurück?«, frage ich besorgt. »Zu eurem Landgut und deinen Eltern und deinen Schwestern?«

Sofort schüttelt sie den Kopf. »Fünfzehn Jahre lang gefüllte Wachteln und Kaviar essen, das reicht.« Sie wischt sich über die verstaubte Wange. »Ich werde hier gebraucht. Nicht bei einem Tennisspiel, sondern im wirklichen Leben. Es macht hier einen Unterschied, dass es mich gibt.«

Sie holt tief Luft und dann fängt sie an zu lachen. »Ich gehe nicht nach Hause, aber ich möchte ihnen erzählen, dass ich jetzt Kartoffeln schälen kann. Dass ich jede Nacht auf dem Boden schlafe und auf einem Eimer mache und dass die Welt noch viel größer ist, als ich dachte. Sie sollen von dir und Robbie und Jay hören…«

Ich rühre mich nicht.

»Los, Ella!«, flüstert sie. »Du hast noch immer nichts erzählt. Ist es wahr, was er gesagt hat? Hast du ihn wirklich geküsst?«

Schweigend schaue ich auf den Boden. Irgendwann, wenn der Krieg vorbei ist, wird dieser Tunnel weiter ausgegraben. Dann brausen hier Züge vorbei und die Menschen in diesen Zügen werden keine Ahnung haben, was wir damals dachten.

»Es war gerade eben eine Bombe gefallen«, sage ich, ohne Quinn anzusehen. »Alles funkelte, die Luft flimmerte. Ich hatte vergessen, wer ich war.«

»Ich glaub dir kein Wort«, sagt sie sofort. »Du hast dich selbst nicht vergessen. Du hast den Rest der Welt vergessen!«

»Wo ist da der Unterschied?« Ich seufze. »Ich hinke ...«

»Ja und? Jeder hat irgendwas. Bei dir sieht man es zufällig.«

»Er hat nicht zurückgeküsst«, flüstere ich.

Sie fängt an zu lachen, und ich schaue sie erschrocken an.

»Während die Bomben fielen, meinst du?«, sagt sie fröhlich. »Er hat dich nicht zurückgeküsst, während ihr gerade durch die Luft geschleudert worden seid und verdreckt in einem eiskalten Park lagt? Du glaubst, es liegt an deinem Bein, dass Jay sich in diesem Moment nicht die Zeit für ein ausgiebiges romantisches Stelldichein genommen hat?«

»Aber er nicht mal was zu mir gesagt«, rufe ich empört.

»Und was hast du da gemacht?«

»Ich bin weggerannt. Da kamen schließlich schon wieder neue Flugzeuge an.«

Ihre Augen glänzen. »Sag schon. Brauchst du noch Informationen für das nächste Mal? Angenommen, du willst ihn wieder küssen, während die Welt untergeht ...«

»Stopp!«

»Ich weiß genau, wie alle Teile beim Mann funktionieren.«

»Yuk.«

»Und ich weiß auch, wie alles ineinanderpasst. Glaub mir, das ist gar nicht so einfach, weil es nämlich mehrere Möglichkeiten gibt.«

Ganz kurz vergesse ich, dass ich das ja gar nicht hören will. »Mehrere Möglichkeiten?«, flüstere ich.

Sie nickt ernst. »Unendlich viele Möglichkeiten. Wirklich, ich habe da Bilder gesehen. Ich weiß, wie ...«

»Hör auf«, rufe ich. »Es gibt kein nächstes Mal. Nie wieder!«

30

Am fünften Abend nach dem Zoo setzt sich Jay neben mich.

Ich tue, als würde ich nichts merken, und klappe nur schnell mein Heft zu. Ich habe jetzt eine Kerze von zu Hause mitgebracht, damit ich abends im Tunnel noch schreiben kann.

Jay lehnt mit dem Rücken an der Wand und sagt nichts.

Es ist neu, dass er sich nach unserer Nacht im Park neben mich setzt.

Es ist nicht neu, dass er nach dieser Nacht nichts zu mir sagt.

Mit dem Schuh scharrt er über den Boden. Seine Finger trommeln auf der Eisenrippe.

»Ich, äh …« Seine Finger hören auf zu trommeln. »Ich möchte dich was fragen.«

Ich warte ab.

»Da auf dem Rasen …«, sagt er, und sofort schlägt mein Herz schneller, als es sollte.

Schnell wiederhole ich die Regeln im Kopf. *Erstens, zweitens, drittens.*

»Als wir auf die Flugzeuge warteten«, sagt Jay, »hast du von dem Heft erzählt, dass es kein Tagebuch war. Du meintest, es sei dein Ticket nach Amerika. Und dass du es zerrissen hast, weil es nicht echt war.«

Ich habe wirklich keine Ahnung, worauf er hinauswill.

»Wir standen da und warteten. Ich wusste nicht, ob wir eine Viertelstunde später noch leben würden. Und plötzlich dachte ich: Wem mache ich eigentlich etwas vor? Mein Ticket ist genauso unecht. Selbst wenn ich die Fahrt bezahlen könnte, was soll ich in Amerika? Ich kann nichts.«

Er ballt die Fäuste. Der Schnitt in seinem Arm ist noch nicht geheilt. Manchmal platzt die Wunde wieder auf, aber er ignoriert es einfach.

»Ich habe genug davon, ein Idiot zu sein. Also habe ich einen Vorschlag. Ihr braucht nicht mehr für die Schlafplätze im Tunnel zu bezahlen. Ich halte sie für euch frei. Wenn du mir dafür Lesen beibringst.«

Ganz still bleibe ich sitzen.

Es fühlt sich an, als wäre ich nicht mehr allein in der Eisernen Lunge. Es fühlt sich an, als würde er mich fragen, ob er sich neben mich legen darf.

Zum ersten Mal seit dieser Nacht im Park sehe ich ihn wieder an.

»Du möchtest, dass ich dir Lesen beibringe?«

»Findest du das einen schlechten Deal? Willst du noch Geld haben?«

»Nein, das nicht ...«

»Meinst du, das klappt nicht? Bin ich zu dumm?« Er seufzt. »Ich habe die Hälfte der Zeit geschwänzt und ich habe nicht aufgepasst. Ich glaube, es liegt daran. Ich glaube, ich könnte das schon lernen.«

Fünf Tage lang habe ich getan, als gäbe es die Funken nicht. Abermals wiederhole ich die Regeln, aber *Du darfst Jay nicht*

Lesen beibringen ist nicht dabei. Und während ich die Regeln im Kopf immer wieder aufsage, sehe ich es vor mir. Wie wir Abend für Abend nebeneinander im Tunnel sitzen. Eine Kerze auf der Eisenrippe, ein Buch zwischen uns.

Wie wir mit den Buchstaben anfangen, die er nicht mehr weiß. Wie wir weitermachen mit Kinderbüchern, die nicht allzu schwierig sind. Wie wir all meine Lieblingsbücher gemeinsam lesen ...

Ich weiß, dass das die aufpolierte Fassung ist. In Wirklichkeit wird es anders sein. In Wirklichkeit wird er meist keine Lust haben, ständig genervt sein, meine Lieblingsbücher lächerlich finden und mich aus Versehen wieder Hinkebein nennen.

Aber trotzdem.

»Und?«, fragt er ungeduldig. »Machst du's?«

»Ja«, sage ich.

31

Am sechsten Abend nach dem Zoo hören wir Musik auf dem Bahnsteig.

Quinn und Robbie spielen Karten, Jay und ich fangen gerade mit unserer allerersten Lesestunde an. Eigentlich wollte er unseren Deal vor den anderen geheim halten, aber das war natürlich unmöglich.

»Es ist keine Schande, dass du nicht lesen kannst«, flüstere ich. »Du brauchst dich nicht zu schämen.«

»Das tue ich auch nicht! Aber es ist so albern, dass ich es lernen will ...«

»Du schämst dich, weil du Lesen lernen möchtest?«

»Yep.«

»Idiot«, sage ich.

Er grinst. »Hinkebein.«

Ich sehe, wie Quinn uns einen Blick zuwirft. Sie schüttelt den Kopf, sagt stumm etwas, das aussieht wie *unendlich viele Möglichkeiten,* und macht dann ganz ernst weiter mit dem Kartenspiel.

Bis wir in der Ferne Musik hören

Auf dem Bahnsteig singen manchmal Leute zusammen, und alle kennen den Mann, der ganz London verrückt macht mit seiner Mundharmonika. Aber das hier klingt anders.

Die Melodie schwillt an und dann tauchen zwei Gestalten am Anfang des Tunnels auf. Die linke in einem langen Kleid, die rechte mit einem Saxophon.

Einen Moment lang stoppt die Musik, und dann fängt das Saxophon wieder an zu spielen. Tiefe, warme, honigsüße Töne rollen durch den Tunnel, sie werden von den Wänden zurückgeworfen und lassen uns spüren, dass es noch etwas anderes gibt als Krieg.

Menschen schauen hoch. Sie hören auf zu reden, legen ihre Zeitungen und Karten und ihr Strickzeug hin.

Und dann fängt die Gestalt links an zu singen. Bei den allerersten Worten erkenne ich seine Stimme.

»Das ist Quinns Bruder!«, flüstere ich Jay zu.

»In dem Kleid?«

»Das ist ein Morgenmantel.«

Er seufzt. »Und Quinn trägt eine Hose. Jetzt weiß ich es sicher. Die müssen adlig sein.«

Sebastian singt das Lied, das ich gehört habe, als Quinn und ich durch den sonnigen Innenhof mit den Studenten in den Strandstühlen gegangen sind.

Somewhere over the rainbow, skies are blue
And the dreams that you dare to dream really do come true.

Anfang des Jahres, als ich fast nicht mehr weiterkonnte, als ich nach so vielen Monaten in der Eisernen Lunge noch immer Schmerzen hatte, hat mich meine Mutter mitgenommen ins Kino. Einfach so mitten am Tag sahen wir uns zusammen *Der Zauberer von Oz* an.

Und jetzt höre ich das Lied über das Land hinter dem Regenbogen wieder.

Tief unter der Erde, auf der Flucht vor den Bomben, muss ich schlucken, wenn ich an einen Himmel denke, der einfach nur blau ist. Und als Sebastian über Träume singt, die wahr werden, drücke ich die Fingernägel tief in meine Handflächen. Ich sitze hier neben Jay und bringe ihm Lesen bei, damit er irgendwann, wenn dieser Krieg vorbei ist, aus seinem Käfig ausbrechen und nach Amerika fahren kann.

Ich schaue zu Quinn und ihr Gesicht spendet Licht.

Wenn sie sich freut, wirft sie einfach so die Arme in die Luft. Manchmal steht sie schreiend im strömenden Regen, sie traut sich über alles zu reden und sie küsst den Stallknecht, wenn sie Lust dazu hat.

Aber das hier ist anders. Da am Anfang des Tunnels steht der Junge, der sie am besten von allen versteht. Ganz ruhig bleibt sie sitzen und hört zu. Ihre Augen glänzen, sie wartet. Sie hat keine Eile, aufzuspringen und auf ihn zuzurennen. Es geht nicht um diesen einen Moment, es geht um ein ganzes Leben.

Ihr großer Bruder ist wieder da.

Als die letzten Töne des Saxophons verstummen, fangen die Leute an zu klatschen. Donnernder Applaus steigt auf, Männer pfeifen, Kinder rufen, dass sie mehr hören wollen.

Sie tun es. Sie machen weiter.

Ich bin mir sicher, dass Sebastian zu seiner Schwester will, aber wenn die halbe Stadt um noch ein Lied bettelt, dann hört man nicht auf. Wenn ein einfaches Saxophon und ein einziger Junge im Morgenmantel es schaffen, dass Hunderte Menschen ihre Sorgen kurz vergessen, dann singt man weiter.

Wir hören zu und es fühlt sich an, als würden wir über unsere eigenen Leben hinausgehoben. Ganz kurz können wir alles auf einmal sehen: wie wir uns Tag und Nacht alle zusammen abrackern, wie tapfer wir sind und wie wir dabei fast kaputtgehen, wie wir uns voneinander unterscheiden und doch alle den Rest unseres Lebens von diesen Wochen oder Monaten oder Jahren unter der Erde erzählen werden.

Alle, außer den Menschen, die nicht überleben.

Endlich sind sie wirklich fertig. Ich sehe, wie Sebastian dem Jungen mit dem Saxophon auf die Schulter schlägt, und dann verschwindet das Saxophon und Sebastian kommt zu uns.

Als er nur noch drei Eisenrippen von Quinn entfernt ist, bleibt er stehen.

»Dürfte ich mich kurz dazusetzen?«, fragt er.

»Natürlich«, sagt Quinn. »Ich stelle dich meinen Freunden vor.«

Und das ist alles.

Sie fallen sich nicht in die Arme, sie sagen nicht einmal *tut mir leid*. Sie machen einfach weiter mit dem Leben und ihre Gesichter spenden Licht.

Den ganzen Abend mache ich nichts anderes als die beiden anschauen. Ich kann fast nicht glauben, wie sehr sie sich ähneln. Quinn erzählt wilde Geschichten darüber, wie sie meiner Mutter hilft, Sebastian erzählt von der Universität. Sein Studium wurde gekürzt, damit er nächsten Sommer schon zur Armee kann.

»Ist dann wirklich noch immer Krieg?«, fragt Robbie. »Das dauert ja noch fast ein Jahr!«

Sebastian sitzt dicht neben Quinn. Sein seidener Morgenmantel glänzt im Kerzenschein, er ist der Einzige ohne Trauerränder unter den Fingernägeln.

Ernsthaft schaut er Robbie an. »Hitler hat halb Europa besetzt. Er herrscht über immer mehr Länder und fährt eine mächtige Kriegsmaschinerie auf. Solange Amerika neutral bleibt, sieht es für uns sehr schlecht aus.«

»Unsinn!« Quinn gibt ihrem Bruder einen Schubs. »Da kennt Hitler die Engländer aber schlecht. Er glaubt, wir werden uns ergeben, wenn er unsere Städte zerstört. Nichts da, je mehr Bomben er auf London wirft, desto entschlossener werden wir!«

Jay grinst. »Dich sollten sie an die Front schicken.«

»Ginge das nur«, sagt sie sofort. »Und was ist mit dir?«

»Noch anderthalb Jahre. Im April 1942 werde ich achtzehn.«

Die Wände des Tunnels beben, in der Ferne donnert ein Zug. Tief in mir bebt es auch.

»Und gehst du dann?«, frage ich Jay. Ich räuspere mich. »Willst für sie kämpfen, wenn sie dich schon dein ganzes Leben lang verarschen?«

Ich sehe Quinns und Sebastians erstaunte Blicke, aber ich ignoriere sie.

»Ja«, sagt Jay ruhig. »Dann gehe ich.«

Das Gespräch läuft weiter, aber ich höre nicht mehr zu.

Die ganze Zeit saß ich neben ihm. Die Kerze zwischen uns ist fast aufgebrannt, das Heft mit den Buchstaben liegt vergessen auf dem Fußboden. Die ganze Zeit, während ich zu Quinn und Sebastian schaute, wusste ich, dass Jays Arm neben meinem Arm lag, dass unsere Beine sich nebeneinander ausstreckten.

Und jetzt ist da ein neuer Meilenstein in meinem Leben. April 1942.

Es ist so einfach.

Wenn man ein Mann ist und man wird achtzehn, dann sagt das Land: *Wir brauchen dich.* Und dann gehst du.

Und wenn du eine Frau bist, bleibst du zurück.

»Ich werde nächste Woche schon zehn«, sagt Robbie. Vorsichtig schaut er zu mir. »Ella?« Er sieht aus wie ein mageres Eichhörnchen. »Was meinst du ... Gehen wir dann noch in den Zoo?«

»Du bist gut!«, ruft Jay. »Du hast noch nicht mal die Tracht Prügel für das letzte Mal bekommen.«

»Hab ich doch«, sagt Robbie. »Von Papa. Ich konnte drei Tage nicht sitzen.«

Während Quinn Sebastian von unserer Nacht im Park erzählt, schaue ich zu meinem kleinen Bruder. Er hat nie etwas über die Eiserne Lunge gefragt, er hat nie etwas über mein Bein gesagt. Aber er wartet auf mich, wenn ich zurückbleibe, und jede Nacht liegt er neben mir. Er sorgt dafür, dass ich das Atmen nicht vergesse.

»Vater und Mutter gehen mit Sicherheit nicht mit dir in den Zoo«, sage ich leise. »Aber vielleicht kann ich ... Ach nein, das wird nicht gehen. Vater will uns natürlich auch keine Karten kaufen.«

Ich sehe Robbies Gesicht und ich will ihn in die Arme nehmen. Aber er ist fast zehn. Umarmen darf ich ihn nur, wenn wir gerade einem Bombardement entkommen sind.

»Wisst ihr, was seltsam ist?«, sagt Sebastian. »Ich war noch nie im Zoo. Ich betrachte das als eine offenkundige Lücke in meiner Erziehung. Was haltet ihr davon – dürfte ich euch nächste Woche in den Zoo begleiten?«

Ich fange an zu lachen. »Hast du dazu wirklich Lust?«

»Aber sicher.«

»Und dann siehst du dir im Morgenmantel die Kamele an?«

»Mal kurz rechnen ... Nein! Ab Donnerstag trage ich wieder äußerst langweilige Kleidung, die genau zur jeweiligen Tageszeit passt.«

»An meinem Geburtstag?«, fragt Robbie. »Gehen wir dann wirklich?«

Wir nicken, und den restlichen Abend spendet Robbies Gesicht auch Licht.

Kurz bevor die letzten Züge aufhören zu fahren, macht sich Sebastian auf den Heimweg.

»Morgen Abend spiele ich mit ein paar Freunden Poker«, sagt er locker, »aber den Abend danach setze ich mich gern wieder in den Staub.« Er nickt seiner Schwester zu. »Was meinst du ... Darf ich euch nochmals mit einem Besuch beehren?«

Ich sehe, wie Quinn blitzschnell über eine witzige Antwort nachdenkt. So einen unterkühlten *upper class*-Satz, der dazugehört, wenn man in einem Landhaus voller Wörterbücher aufwächst.

Aber dann entspannt sich ihr Gesicht.

»Ja«, sagt sie. »Das darfst du.«

Während Sebastian zurück zum Bahnsteig geht, ruft eine Frau nach ihm.

»Hey, der Herr Sänger! Kennst du vielleicht auch *We'll meet again*?«

Natürlich kennt er das. Dieses Lied ertönt aus jedem Radio, die Leute summen es auf der Straße, in der Schlange beim Metzger, beim Warten vor dem Eingang des U-Bahnhofs. Es ist ein hoffnungsvolles Lied voller Vertrauen, aber gerade das sorgt dafür, dass es durch Mark und Bein dringt.

Wenn alles gut ist, braucht man nicht zu hoffen.

Das Saxophon ist nicht mehr da, aber während Sebastian durch den Tunnel weggeht, fängt er allein an zu singen.

We'll meet again,
Don't know where,
Don't know when,
But I know we'll meet again some sunny day...

Es ist das Lied, mit dem die Soldaten jetzt in den Krieg ziehen. Sie singen aus voller Brust mit, aber jeder, der Abschied nimmt von einem Vater oder Bruder oder Sohn weiß, dass manche Menschen Glück haben werden und andere nicht.

Keep smiling through,
Just like you always do,
'Till the blue skies drive the dark clouds far away.

Ich sitze neben Jay und denke an den April 1942.

32

An Robbies Geburtstag stirbt einer von uns.

Es ist ein strahlend sonniger Morgen. Immer mehr Bäume im Regent's Park färben sich gelb und orange, die Luft ist kalt und kristallklar.

Wir gehen durch die großen Pforten hinein und Robbie stolziert herum, als wäre er der Zoodirektor höchstpersönlich. Er hat ein neues Jackett, gekämmte Haare und sorgfältig geschrubbte Knie. Er schwatzt mit allen Tierpflegern und zu seiner großen Erleichterung hört er, dass alle entwischten Affen wieder in Sicherheit sind. Es war recht einfach: Als sie Hunger bekamen, war ein Käfig doch angenehmer als echte Bäume.

Ich strenge mich sehr an, nicht ständig an das vorige Mal zu denken, als ich hier war. Ich strenge mich auch sehr an, nicht an Quinn und Jay zu denken, die an diesem Morgen gemeinsam in meiner alten Schule helfen. Zwei zusätzliche Klassenzimmer müssen ausgeräumt werden, und ich habe keine Ahnung, wie Quinn es geschafft hat, aber Jay macht mit.

Mit aller Kraft versuche ich, mir nicht vorzustellen, wie er in Hemdsärmeln Schulbänke in den Keller schleppt.

Sebastian und ich spazieren in aller Ruhe hinter Robbie her und anderthalb Stunden lang fühlt sich der Krieg sehr weit weg an. Sebastian trägt einen hellgrauen Anzug und einen eleganten Filzhut. Seine Schuhe glänzen, seine frisch rasierten Wangen auch.

Wir reden über das Wetter. Über den ungewöhnlich warmen Sommer, über den Regen gestern, über die Frage, ob es wohl einen strengen Winter geben wird. Und dann reden wir plötzlich nicht mehr über das Wetter.

»Die letzten Abende«, sagt Sebastian, »hat Quinn ja wirklich kaum eine Sekunde den Mund gehalten. Ich weiß jetzt also alles über ihre Flucht nach London.«

»Ach ja?« Ich gehe langsam weiter zu den Kranichen. Alle anderen Mädchen haben noch nackte Beine, ich trage dicke Wollstrümpfe und einen zusätzlichen Pullover.

»Ja«, sagt er ernst. Er räuspert sich. »Ella ...«

Ich bleibe stehen.

»Im tea room habe ich dir von meinem Käfig erzählt.« Er sieht mich nicht an. »Dabei gab es ein Missverständnis. Du hast was über den Stallknecht erzählt, und ich habe mich verplappert. Quinn hat mir inzwischen alles über *ihre* Nacht mit Thomas erzählt, und jetzt verstehe ich, warum du das gesagt hast. Du meintest Quinn. Nicht mich.«

»Ja.«

Wir stehen zusammen vor dem Käfig mit den Zibetkatzen. Aufmerksam studieren wir ihre besonderen Fleckenmuster, ihre spitzen Schnauzen, die schmalen Augen.

»Hast du Quinn von unserem Gespräch erzählt?«, fragt Sebastian. »Weiß meine Schwester jetzt etwas, was sie davor nicht wusste?«

Ich schüttele den Kopf und neben mir höre ich einen langen, unterdrückten Seufzer.

»Gut. Irgendwann erzähle ich ihr alles. Aber als ich von zu Hause wegging, war sie noch so jung ...« Er rückt seine Krawatte zurecht. »Genug über mich. Lass uns über dich und Jay reden.«

Ich spüre, wie meine Wangen feuerrot werden, und er fängt an zu lachen.

»Was für eine Szene«, sagt er kopfschüttelnd, »einfach so mitten auf dem Rasen in einem dunklen Park!«

»Ja«, sage ich, und ich schlucke. Ich spüre meinen Käfig, ich greife nach den Gitterstäben, ich rüttele am Schloss – und dann sehe ich Sebastian in die Augen. »Jay sieht gut aus, was?«

Ganz still bleibt er stehen. Weit und breit ist kein Mensch. Nur die Kraniche und die Zibetkatzen können uns hören.

Seine Wangen werden genauso rot wie meine, aber dann zieht er die Schultern zurück.

»Das müsste verboten werden«, sagt er locker. »So gut auszusehen.«

»Hast du seine Augen gesehen?«, frage ich. »Dunkelgrau mit Silber!«

Sebastian seufzt. »Diese Schultern ...«

Wir fangen beide an zu kichern, aber dann höre ich auf.

»Was wirst du tun?«, flüstere ich. Plötzlich spüre ich nicht meinen Käfig, sondern seinen. Ich muss an die Leute denken, die für immer in der Eisernen Lunge bleiben müssen. Den Rest ihres Lebens bestimmen andere über ihren Körper. »Wie wirst du das durchhalten?«

»Ich habe keine Ahnung. Was kann ich machen?«

»Kämpfen«, sage ich.

Er sieht mich scharf an. »So wie du?«

Ich antworte nicht.

Ich denke an die Regeln, die ich nach dieser Nacht im Park aufgestellt habe. Ich denke an mein neues Geschichtenheft, an ein langes und feiges Leben auf Papier.

Ohne etwas zu sagen, drehe ich mich um und gehe Richtung Ausgang.

Sebastian bringt uns mit dem Taxi nach Hause und meine Mutter kommt nach draußen gerannt, um sich bei ihm zu bedanken. Ihre Hände tropfen vom Spülwasser, schnell wischt sie sie an ihrer Schürze ab.

»Das ist aber furchtbar nett von Ihnen, wirklich!«, sagt sie mindestens dreimal. »Robbie, hast du dich bei dem Herrn bedankt? Ella, hast du …«

Plötzlich verstummt sie. Ein Junge auf einem Fahrrad hält mit quietschen Bremsen vor unserem Haus, genau neben dem Taxi.

»*Madam*, eine Nachricht aus der Schule«, ruft er außer Atem. »Sie werden gebraucht. Es gab eine Explosion.«

»Das kann nicht sein«, sagt meine Mutter, ohne eine Sekunde nachzudenken. »Ich war heute Morgen noch da. Sie hatten die Nacht gut überstanden!«

»Eine UXB im Keller«, sagt der Junge. »Vor einer halben Stunde explodiert.«

Die Ränder der Welt werden schwarz.

Details sehe ich schärfer als jemals zuvor, ansonsten ist alles dunkel. Auf dem Gehweg Wassertropfen, die von den Händen meiner Mutter gefallen sind. Ein Grashalm klebt an Sebastians glänzendem Schuh.

Es gab eine UXB. Im Keller.

Und diese Bombe ist jetzt explodiert.

Der Junge wischt sich die verschwitzte Stirn ab und steigt dann wieder auf. Sebastian und Robbie und ich haben noch kein Wort gesagt. Aber in dem Moment, als der Junge auf seinem Klapperrad wegfährt, rührt sich Sebastian.

»Gibt es Verletzte?«, ruft er mit einer Stimme, die ich nicht erkenne.

»Ja«, schreit der Junge über die Schulter. »Darum brauchen sie euch.«

Er rast um die Ecke und einen Augenblick lang bleiben wir wie betäubt stehen. Über unseren Köpfen höre ich die dumpfen Schläge eines Teppichklopfers, Staubteilchen wirbeln in der Sonne. Meine Wollstrümpfe kratzen.

»Ich packe den Erste-Hilfe-Koffer und ein paar Laken«, sagt meine Mutter. »Ich weiß nicht, was noch gebraucht wird. Ella, du bleibst mit deinem Bruder hier.«

»Nein«, sage ich.

Sie hört mich nicht, sie ist schon ins Haus gerannt. Als sie zwei Minuten später wieder rauskommt, sitzen Robbie und ich im Taxi. Sebastian hält ihr die Tür auf. Sie springt als Letzte hinein und sobald er die Tür zuzieht, setzt sich das Auto in Bewegung.

Robbie, meine Mutter und ich sitzen nebeneinander auf dem Rücksitz, Sebastian auf dem wackligen Klappsitz uns gegenüber.

»Ihr solltet zu Hause bleiben«, zischt meine Mutter. »Ihr seid da nur im Weg. Vielleicht explodiert noch eine Bombe ...«

Ich räuspere mich. »Quinn und Jay sind dort.«

Ich kann Sebastian nicht ins Gesicht schauen. Ganz kurz

habe ich es getan, und es fühlte sich an, als würde ich in einen Spiegel sehen. Einen Spiegel ohne Rückseite, einen, in den man hineingesaugt wird und verschwindet.

Das sind die Minuten, wo wir es noch nicht wissen.

Vor dem Fenster sehe ich Leute in der Sonne gehen. Ich höre Doppeldecker hupen, wir kommen an so einem riesigen blutroten Briefkasten vorbei, von denen Robbie manchmal mit ausgebreiteten Armen herunterspringt.

Den ganzen Morgen habe ich versucht, nicht an Quinn und Jay zu denken. Ich war grün vor Eifersucht. Ich spazierte an einem kristallklaren Tag durch den Zoo, aber sie schleppten lachend Schulbänke in den Keller.

Sie hatten mich nicht gefragt, ob ich helfen wollte. Ich hätte ihnen die Türen aufhalten können, ich hätte Spinnennetze wegfegen oder die letzten Kreidestummel aufräumen können.

Aber sie fragten mich nicht, und den ganzen Morgen habe ich sie vor mir gesehen, während ich mir Kamele und Eulen und Kraniche ansah. All die lachenden Bilder sind mit einem Schlag wieder da.

Jay in seinem Hemd, Quinn mit ihrer Männerhose und dem roten Schal um den Kopf. Ich betrachte die Bilder noch einmal, und dieses Mal füge ich der Geschichte ein entscheidendes Element hinzu: eine UXB im Keller.

Ich kenne diesen Keller, in dem Kreide, neue Tafellappen und kaputte Stühle aufbewahrt werden. Ich weiß genau, wie die Backsteintreppe in der Halle von der Tür aus in einem Knick nach unten führt. Ich erinnere mich an den Geruch der feuchten Wände.

Ein einziges Detail kann jetzt entscheidend sein.

Wer hat die Schulbank vorn getragen, wer hinten? Wer ist als Erster um die Kurve gegangen? Ist die UXB bei der ersten Erschütterung auf der Treppe explodiert? Während sie keuchend durch den Keller gingen? Oder erst, als sie beide genau neben der Bombe standen und die Schulbank auf den kahlen Boden donnern ließen?

33

Von Weitem sehe ich zwei Feuerwehrwagen, einen Krankenwagen und eine ganze Traube Zuschauer. Meine Hände sind eiskalt. Sobald das Taxi anhält, stürzen wir hinaus.

Ich hatte Chaos erwartet, Lärm, prasselnde Flammen, Schreie.

Wir hören nur klirrende Glasscherben, die zusammengekehrt werden.

Über den Schulhof verteilt sitzen sie in Grüppchen auf dem Boden. Kinder mit Schrammen, schweigende alte Männer, mit Staub bedeckte Frauen.

Das Schulgebäude steht noch. Die Fenster sind zerbrochen, in einer Wand befindet sich ein gezacktes Loch. Ich rieche Gas in der Luft, sehe aber kein Feuer.

So schnell ich kann, lasse ich den Blick über die Leute auf dem Schulhof gleiten. Kein roter Schal mit einem Knoten oben. Keine zotteligen Haare und kein zerrissenes Hemd.

Und dann sehe ich die drei dunkelgrauen Decken.

Vor dem Gehweg der Schule haben die Leute einen Halbkreis frei gelassen. Da liegen sie nebeneinander. Drei längliche Formen unter Decken.

Sebastian schiebt die Umstehenden zur Seite und geht schnurstracks auf diese Decken zu. Ich folge ihm schweigend.

Er wendet sich nicht an die Feuerwehrmänner, die vor der Tür stehen, er ignoriert die Frauen, die hier schon seit Wochen arbeiten. Er geht zu den Decken und ich rufe nicht, er solle es nicht tun. Ich will nicht, dass er das jemand anderem überlässt.

Ohne zu zögern, zieht er die erste Decke ein Stück zur Seite. Ich weiß, dass er sich nicht mutig fühlt, ich weiß, dass er nicht nachdenkt. Er kann nicht anders.

Ich stehe neben ihm, denn wir müssen es wissen.

Wir starren auf das Gesicht einer alten Frau mit weißen Haaren. Schnell legt Sebastian die Decke zurück.

Die Feuerwehrmänner kommen auf uns zu, aber da schlägt Sebastian schon die zweite Decke zurück.

Ein Mädchen mit langen Zöpfen und einem Hals voller Blut. Sie ähnelt Dorothy aus *Der Zauberer von Oz*. Das Mädchen, das über den blauen Himmel singt und über Träume, die wahr werden.

Eine Decke ist noch übrig.

Ich dachte, die Leute würden schon längst versuchen, Sebastian zurückzuhalten, aber sie lassen ihn gewähren. Alle wissen, was wir da tun. Alle verstehen, dass wir uns jedes Mal auf den Schock eines Gesichts vorbereiten, das wir kennen.

Und dann sehe ich den Schuh, der unter der dritten Decke hervorschaut. Ein klobiger, schwarzer Arbeitsschuh mit einer abgewetzten Kappe.

Ich schaue und schwanke, aber ich weiß, dass niemand da ist, um mich aufzufangen.

So fest ich nur kann, presse ich die Fingernägel in meine Handflächen, und dann schlägt Sebastian die dritte Decke zurück.

Ich schaue nicht auf das viele Blut, ich schaue nur oben auf den Kopf. Da sind keine Haare. Der Kopf ist glänzend kahl. Sebastian legt die Decke wieder zurück.

Zum ersten Mal, seit wir aus dem Taxi gekommen sind, sehen wir uns an.

»Wo sind sie?«, frage ich heiser.

Die Welt fühlt sich nicht länger echt an. Das Gebäude mit dem Loch darin war einst meine Schule. Auf diesem Schulhof voller Glasscherben bin ich jahrelang seilgesprungen. Wenn man mit einem Zweig an den Gitterstäben des Zauns vorbeiratterte, fingen sie an zu singen.

»Vielleicht waren sie schon fertig mit der Arbeit«, sagt Sebastian. Es ist noch immer, als würde ich in einen Spiegel schauen. Sein Gesicht ist kreidebleich.

»Vielleicht kaufen sie Kuchen für Robbies Geburtstag«, sage ich. »Vielleicht stehen sie jetzt schon wieder vor dem U-Bahnhof an.«

In diesem Moment drehen sich alle Köpfe auf dem Schulhof zu den Flügeltüren. Aus der dunklen Halle kommen drei Männer langsam nach draußen. Die ersten beiden Männer halten eine Trage zwischen sich. Sie haben Helme auf dem Kopf und Overalls an.

Auf der Trage sehe ich einen Kopf mit einem roten Schal. Der Knoten zeigt nach oben.

Der dritte Mann, der rauskommt, ist Jay.

34

Sebastian ist bei der Trage, noch bevor sie auf dem Boden steht.

Ich gehe hinter ihm her, aber dann stellt sich mir Jay in den Weg.

»Nicht schauen«, sagt er. Er greift nach meinem Arm. »Ella, komm mit.«

Sein Gesicht ist voller Schrammen, seine Lippe ist dick, er humpelt.

»Lass mich!« Ich reiße mich los und renne zu der Trage.

Da liegt sie.

Ein Schauder läuft mir über den Rücken.

Es ist unmöglich zu hoffen, dass sie noch lebt. Zum ersten Mal in meinem Leben verbiete ich mir, Worte zu finden für das, was ich sehe. Über die rechte Seite ihres Gesichts darf ich nichts denken. Ich darf die Farben nicht beschreiben, ich darf die Formen nicht benennen. Diese Seite ist die Seite vom Krieg.

Die andere Seite ihres Gesichts ist unsere.

Ich schaue zu ihrer Wange, die noch glatt ist, dem Ohr, das noch heil ist, ihrer Nase, die völlig unversehrt ist. Die langen, dunklen Wimpern. Die Locke, die unter dem roten Schal hervorlugt.

Sebastian macht kein Geräusch. Er geht in die Knie und setzt sich neben seine Schwester. Er greift nach ihren weißen Fingern, beugt den Kopf über ihre Hand und rührt sich nicht mehr.

Mir ist schwindlig.

Solange ich nichts denke, ist nichts endgültig. Solange ich nicht weine, kann ich atmen.

Ich beiße die Zähne zusammen und setze mich neben Sebastian. Jay stellt sich an die andere Seite, Robbie kniet sich neben mich auf den Boden und drückt sein Gesicht an meine Schulter.

»Ich will es nicht sehen«, flüstert er.

Ich schaue nicht weg, weil ich spüre, wie sie verschwindet. Das sind die letzten Momente. Ich spüre, dass es in meinem Gehirn noch ein paar entlegene Ecken gibt, die denken, dass sie lebt. Ich will, dass diese Ecken bleiben. Ich will für immer auf den Moment warten, da sie auf der anderen Straßenseite steht und mir etwas zuruft.

Noch ganz kurz ist sie Quinn.

Und dann ist es vorbei.

Ich sehe das Loch in ihrem Kopf, das Blut, das anfängt zu gerinnen.

Meine Mutter kommt mit einem unserer weißen Laken auf uns zu. Langsam steht Sebastian auf. Er faltet das Laken auseinander und schweigend greifen wir jeder nach einem Zipfel: Jay, Robbie, Sebastian und ich.

Ganz kurz schwebt das Laken über ihr. Strahlend weiß bläht es sich im Wind. Und dann lassen wir es über sie fallen.

In dem Moment, als das Laken sie bedeckt, bricht Sebastian zusammen. Wir hören ihn schluchzen, ein verzweifelter Laut, der von den Steinen widerhallt. Und dann beherrscht er sich wieder.

Ich schaue auf das Laken und ich sehe vor mir, wie Quinn im strömenden Regen stand. Wie sie schrie, sie wolle nicht nur halb leben, bloß, weil sie ein Mädchen ist.

Wenn jemand jemals ganz gelebt hat, dann war sie es.

Ich schüttele den Kopf und fange an zu weinen.

35

Ich habe es versucht.

Ich habe versucht, genau wie die anderen einfach weiterzumachen. Mit starrem Gesicht Brote zu schmieren.

Die Feuerwehr untersucht, ob das kaputte Schulgebäude noch bewohnbar ist, meine Mutter bittet Nachbarinnen um Hilfe. Kessel voll Wasser müssen gekocht werden, damit alle auf dem Schulhof Tee bekommen. Robbie spielt schweigend *Himmel und Hölle* mit einer Gruppe Kindergartenkinder und Sebastian verhandelt leichenblass mit zwei behelmten Männern. Er weigert sich, Quinn gehen zu lassen.

Die drei Körper unter den dunkelgrauen Decken wurden weggebracht. Keiner hat gesagt, was alle gesehen haben: dass sie nicht in einen offiziellen Leichenwagen geschoben wurden, sondern in den grau gestrichenen Transporter eines Metzgers.

Ein Stück entfernt von den anderen sitzen die Menschen, die jemanden verloren haben: der steinalte Ehemann der Frau mit den weißen Haaren, die magere Mutter des Mädchens mit den Zöpfen, die Frau und die fünf Kinder des Mannes mit den Arbeitsschuhen. Sie starren vor sich hin und weinen ein wenig, aber keiner tut, was ich tun möchte: schreien und randalieren und danach einfach aufgeben.

Ich bekomme keine Luft mehr.

Alle tun irgendwas, alle machen weiter. Keiner schreit, dass sie erst fünfzehn war und dass es ohne sie viel zu lange dauert, die Welt zu verändern.

Ich gehe los. Weg von dem sonnigen Schulhof, um die Ecke des Gebäudes und danach wieder um die Ecke. Auf einem dunklen, kahlen Hinterhof bleibe ich stehen.

Mein Bauch zieht sich zusammen. Ich gebe ein unwirkliches Geräusch von mir, meine Schultern fangen an zu zucken.

Hier ist niemand, also ist es egal, wie ich klinge. Ich denke an Quinn und versuche, die Welt neu einzurichten.

Die Welt ohne sie.

Keine Lachkrämpfe mehr im Regen. Keine nagelneuen Ideen, die sich anfühlen, als würde in meinem Kopf ein Fenster aufgemacht. Keine, die für mich eintritt, keine, die einfach glaubt, ich könne durchaus Bücher schreiben, keine, die jemals noch den Mut haben wird, mir zu erklären wie Mann und Frau ineinanderpassen.

Keine neuen Wörter mehr.

Ich denke an die rechte Seite ihres Gesichts und muss würgen.

Es ist, als würde ich zum ersten Mal sehen, was das Leben *wirklich* ist.

Etwas, das wieder aufhört.

Aber wie lebt man weiter, wenn man weiß, dass wir allesamt kaputtgehen? Dass der eine ein wenig länger die Zähne zusammenbeißen muss als der andere, aber dass wir letztendlich allesamt nicht mehr sind als ein Körper im Transporter des Metzgers?

Ich weine, bis ich nicht mehr kann.

Mit bebenden Händen reibe ich mir über die Wangen, ich ziehe die Nase hoch.

Und dann drehe ich mich um und sehe Jay da sitzen.

Im Schatten, auf dem Boden.

Sein Hemd hängt ihm in Fetzen um den Körper, seine Hose ist gerissen. Er lehnt mit dem Rücken an der Mauer und schaut zu mir. Ohne etwas zu sagen, klopfte er mit der Hand auf die bemoosten Betonplatten.

Ich weiß nicht, was ich sonst tun soll, also wische ich mir die Nase mit dem Ärmel ab und setze mich neben ihn.

Es dauert eine ganze Weile, bevor er etwas sagt.

»Die Bombe im Park war besser«, sagte er dann. Er räuspert sich. »Es ist schöner, wenn beide überleben.«

Über seine Wangen ziehen sich getrocknete Blutspuren, sein Haar ist voller Kalkstaub, seine Unterlippe ist geschwollen. Ich erinnere mich, dass er hinkend aus dem Schulgebäude kam.

»Bist du untersucht worden?«, frage ich. »Musst du nicht ins Krankenhaus?«

»Was?« Er dreht den Kopf zu mir. »Du musst lauter reden. Links höre ich nichts. Rechts geht es schon wieder besser als vorhin...«

Sein Kopf ist ganz nah an meinem. Ich will wiederholen, was ich gesagt habe, aber es geht nicht. Ich sehe die Flügeltüren wieder vor mir, die dunkle Halle mit den drei Gestalten, die ins Freie traten. Erst sah ich die Trage mit Quinn, dann erst sah ich Jay.

Ich bin noch keine Sekunde froh gewesen, dass er überlebt hat. Aber jetzt spüre ich es.

Er ist noch da.

Es gibt ihn noch.

Ich will nicht froh sein, weil sich das anfühlt, als würde ich zwischen Quinn und Jay wählen. Aber ich kann es nicht ändern: ein bisschen heller wird die Welt um mich herum.

Ganz still bleibe ich sitzen. Dieses Mal werde ich mich nicht rühren.

Und dann rührt er sich, er schlingt die Arme um mich. Ganz fest, ohne jegliches Zögern, einfach, als müsste es so sein. Er atmet schnell, meine Wange berührt seinen Hals und ich spüre sein Herz klopfen.

Und dann ist es vorbei. Er lässt los und sieht mich nicht an.

»Sie war so verdammt eigensinnig!« Er ballt die Fäuste. »Ich wollte vorgehen mit dieser Schulbank, weil wir die Treppe runtermussten. Aber sie weigerte sich. Dachte ja gar nicht daran. Ich sollte bloß nicht so tun, als könnte sie das nicht genauso gut.«

»Niemand durfte ihren Koffer tragen«, sage ich leise.

Er hört mich nicht. Im Schatten sehen seine Augen fast schwarz aus. »Die Treppe macht einen Knick ...«

»Ich weiß.« Jetzt rede ich lauter. »Ich kenne diesen Keller. Das war meine Schule.«

»Hier bist du zur Schule gegangen?«

Ich nicke, und er wischt sich die Stirn ab. Seine Hand ist auch voller Schrammen.

»Jemand hatte einen Stuhl auf der Treppe stehen lassen.« Er sieht mich noch immer nicht an. »Ich weiß nicht, welcher elendige Schwachkopf das getan hat ... Wir schleppten diese Schulbank. Wir gingen die Treppe hinunter, und dann stand da dieser

Stuhl. Und bevor ich was sagen kann, verpasst Quinn ihm einen gigantischen Tritt. Das Ding fliegt in den Keller – *bumm.*«

Ich lege ihm die Hand auf den Arm, aber sobald meine Finger seine Haut berühren, zieht er ihn weg.

»Es war eine lächerliche Explosion«, sagt er laut. »Das ganze Gebäude hätte in die Luft gehen können, Hunderte Leute unter dem Schutt ...« Er schüttelt den Kopf. »Der blanke Hohn. Eine einzige verirrte Bombe rollt nachts durch das Kellerfenster herein und explodiert nicht mal.«

Ich rieche die feuchten Kellerwände wieder. Ich erinnere mich, dass das Kellerfenster immer offen stand. Manchmal rollte ein Ball vom Schulhof an der schrägen Mauer entlang einfach in den Keller.

Wie lebt man weiter, wenn man weiß, dass wir alle kaputtgehen?

»Hat sie noch was gesagt?«, flüstere ich. Er hört mich nicht. »Hat Quinn noch was gesagt?«, frage ich lauter.

Er schüttelt den Kopf. »Sie war auf der Stelle tot. Ich ...« Er schluckt. »Ich habe ihr Auge – das Auge, das noch heil war – vorsichtig zugedrückt. Und dann habe ich mich neben sie gesetzt. Ich dachte: Sie werden uns schon holen. Und sie ist gleich noch lange genug allein.«

36

Ich stehe im Tunnel und weiß nicht, wie es weitergehen soll.

Jay und Robbie sitzen schweigend nebeneinander. Sie schauen zu dem leeren Platz gegenüber.

Ich kann da nicht sitzen, ich kann auch nicht still stehen, ich ersticke, wenn ich die ganze Nacht hierbleiben muss.

Die ersten Minuten auf dem Schulhof fühlten sich an wie das Ende. Da waren nur ein weißes, flatterndes Laken und ein strahlend blauer Himmel. Die Welt war scharf wie Kristall, und schlimmer als Quinns halbes Gesicht konnte es nicht werden.

Aber jetzt ist Abend. Die Nacht fängt schon fast an und Quinn ist *noch immer tot.*

Den Rest meines Lebens wird sie die ganze Zeit tot sei. Es ist unerträglich.

»Es hätte mich treffen sollen«, sage ich entschlossen. »Schon in der Eisernen Lunge oder in dieser Nacht im Park. Ich hätte sterben sollen.«

»Du kannst nicht ankreuzen, wer den Löffel abgeben muss«, sagt Jay nüchtern.

»Warum nicht?«, rufe ich. »Wie halten Menschen das aus, wenn es dermaßen ungerecht ist?« Meine Stimme schallt durch den Tunnel. »Ich habe immer Schmerzen und muss den Rest meines Lebens bei meinen Eltern wohnen. *Mich* hätte die Bombe erwischen sollen!«

»Jetzt tu nicht so blöd.« Verärgert streicht Jay sich die Haare aus der Stirn. »Wer sagt, dass Quinn die Einzige bleibt? Vielleicht fällt heute Nacht eine Bombe auf diesen Bahnhof, vielleicht kommst du morgen unter einen Bus, vielleicht knallt mich nächstes Jahr jemand ab. Es ist Krieg. Hast du wirklich gedacht, alle würden es überleben?«

»Wow«, sagt Robbie. »Du kannst echt gut trösten.«

Ich sage nichts mehr.

Jay rückt ein Stückchen auf. Ich sehe, dass er die Zähne zusammenbeißt, während er sein Bein verschiebt. Mit dem rechten Ohr kann er wieder ganz normal hören, im linken hat er einen Piepton.

Bevor wir wieder in den Tunnel gingen, hat er sich in unserer Küche gewaschen. Ich habe einen Kessel Wasser heiß gemacht, ihm ein sauberes Handtuch gegeben und bin nach oben gegangen, um ein Hemd meines Vaters für ihn herauszusuchen. Danach habe ich Quinns Koffer unter meinem Bett hervorgezogen. Ich habe ihn nicht aufgemacht, sondern nur die Hände auf das Leder gelegt. So bin ich sitzen geblieben und habe gewartet.

Und jetzt stehe ich hier im Tunnel. »Sebastians Familie tut, als würde es ihn nicht mehr geben«, sage ich, ohne Jay und Robbie anzusehen. »Sie haben ihn aus ihrem Leben gestrichen. Aber morgen muss er zurück nach Hause.«

Das ist die letzte Nacht, in der Quinns Körper noch in London ist. Ich schaue zum Ende des Tunnels. Eine Wand und dahinter nichts als dunkle Erde.

»Ich sehe es vor mir. Sebastian fährt durch das große Tor, vorbei an den Säulen mit den Steinlöwen, und dann kommen seine Eltern heraus. Sie stehen auf der Freitreppe vor ihrem Landhaus und schauen zu ihrem Sohn. Und dann muss er ihnen erzählen, dass es doch passiert ist. Während sie Tennis gespielt und Tee getrunken haben, hat sich die Welt verändert. Und alles, was sie jemals noch sagen wollten, kommt zu spät.«

Ich starre noch immer auf das Ende des Tunnels, auf all die Erde, in der Menschen begraben werden können, und dann höre ich Jay seufzen.

»Ich sehe es auch vor mir. Immerhin ein Glück, dass Sebastian diesen Morgenmantel nicht mehr trägt.«

»Du bist noch immer ein Idiot.«

»Ich weiß.« Er zuckt die Achseln. »Ich weiß nicht, wie man über Tote redet. Als meine Ma gestorben ist, hat Pa nie mehr etwas über sie gesagt. Das macht es irgendwie einfacher. Weniger Platz für misslungene Scherze.«

Ich will die Arme um ihn schlingen und ihm danach eine Ohrfeige verpassen. Oder umgekehrt.

»Sie wollte ihren Eltern von ihrem Leben hier erzählen«, sage ich. »Sie wollte auch von uns erzählen.«

Er zieht die Augenbrauen hoch. »Sie konnte die Alten doch nicht ausstehen?«

»Sie konnte ihre *Ansichten* nicht ausstehen. Wusstest du, dass sie wirklich adlig war? Ihr Vater ist ein Graf, also war Quinn eine Lady ...«

Er pfeift leise. »Na ja, da hätten sie sich aber gefreut. Wenn die gewusst hätten, mit wem ihre Tochter hier in London herumhing.«

»Ein Plünderer«, sage ich. »Ein Hinkebein. Und ein Straßenjunge…«

Ich denke an das erste Mal, als ich sie sah. Ein Filmstar in Männerhosen, auf dem Weg, Krankenschwester zu werden.

Vom allerersten Moment an tat sie, als sei es normal, dass wir miteinander sprachen. Sie machte sich Gedanken darüber, ob wir wohl genug zu essen für sie hatten, und sie sah mehr als mein Bein, mehr als meinen verschlissenen Rock.

Sie sah *mich.*

»Hoffentlich machen sie den Sarg nicht auf«, sagt Robbie. »Ich hoffe, Sebastian sagt, dass sie sie besser nicht sehen sollen.«

Ein Schauder rieselt mir den Nacken hinunter. Sogar mit Strickjacke über dem Pullover ist mir kalt.

Jay dreht den abgenutzten Absatz seines Schuhs im Staub. »Als ich endlich in unsere Wohnung durfte, war meine Ma schon weg. Ich war stinksauer.«

»Quinn ist von zu Hause weggelaufen«, sagt Robbie. »Sie haben sich gestritten und sie haben sie drei Wochen nicht gesehen. Sie wissen nichts über ihr Leben hier, und jetzt ist sie tot.«

»Das reicht!«, rufe ich. Ich kann fast nicht mehr stehen, aber ich will mich einfach nicht hinsetzen. »Jay hatte recht, es hat überhaupt keinen Sinn, über Tote zu reden. Glaubst du wirklich, der Graf und die Gräfin wollen wissen, dass ihre Tochter Fußböden geschrubbt hat? Dreckige Fingernägel hatte und trotzdem glücklich war?«

»Ja«, sagt Jay. »Das glaube ich.«

»Was?«, frage ich verwirrt.

»Ich glaube, dass sie jetzt endlich hören wollen, was Quinn zu erzählen hatte.« Er schaut zu mir. »Wir waren dabei. Wir wissen, was sie sagen wollte.«

Mein Herz fängt an zu hämmern.

»Wir kennen ihre Geschichten«, sagt Jay.

»Ich gehe nicht dahin«, rufe ich. Ich trete einen Schritt zurück. »Diese Menschen sind blind. Du weißt, was sie sehen werden, wenn wir bei ihnen vor der Tür stehen.«

Er nickt. »Einen Plünderer und ein Hinkebein. Ich denke ja gar nicht daran, hinzugehen. Das ist auch nicht nötig. Du schreibst es einfach auf.«

Ich schwanke.

Plötzlich muss ich an den vorigen Krieg denken, als in den verschlammten Schützengräben Zigtausend Männer starben. Im darauffolgenden Frühling waren die Schlachtfelder in Flandern mit Klatschmohn übersät.

In der Schule haben wir ein Gedicht über die Felder voller Gräben und blutroter Blumen gelesen. Während ich es auswendig lernte, dachte ich nie: Wir sollten aufhören, über die Toten zu reden.

»Ich kann doch nicht einfach so über Quinn schreiben …«

»Warum nicht? Du kennst alle Buchstaben!«

»Das reicht nicht für eine Geschichte.«

»Das ist auch keine Geschichte«, sagt Jay. »Es ist ihr Leben.«

Ohne es zu wollen, spüre ich das Heft auf meinen Knien. Ich spüre den Bleistift zwischen den Fingern, ich weiß, wie glasklar mein Gehirn wird, wenn es über Wörter auf Papier nachdenken darf.

Ich schlucke. »Auch über uns drei?«

»Ja. Zeig ihnen, dass wir mehr sind als irgendwelche armen Schlucker.«

»Ich kann mich nicht an alles erinnern«, flüstere ich.

»Wir helfen dir«, sagt Robbie.

37

Wir gehen auf den Bahnsteig. Wir brauchen Vorräte. Kerzen, zusätzliches Papier, am liebsten auch noch etwas zu essen, wenn wir die ganze Nacht wach bleiben.

Quinns Eltern denken sicherlich anders darüber, aber wir sind keine Bettler. Noch nie im Leben habe ich Leute, die nicht zu meiner Familie gehören, um etwas gebeten. Jay auch nicht – der gaunert sich durch oder nimmt sich einfach, was er will.

Aber heute gehen wir über den Bahnsteig und bitten Leute um Hilfe. Sie haben selbst kaum etwas und jeder fragt sich, wie lange wir noch so tun müssen, als seien wir tapfer. Und trotzdem geben sie alle etwas: eine Handvoll Rosinen, eine leere Papiertüte zum Draufschreiben, ein paar Streichhölzer, einen Kerzenstummel.

Sie hören sich unseren Plan an, und alle sind sich einig: Man muss über die Toten reden. Egal, wie viele es sein mögen, wie lange das hier noch weitergehen wird, wie müde wir auch werden.

Sobald wir tun, als sei ein Leben nichts wert, ist das Leben auch nichts mehr wert.

Sie schauen mich mit einer Ehrfurcht an, die ich nicht kenne.

»Schreib es auf«, sagen sie. »Sie darf nicht vergessen werden.«

Ich kann keine Antwort geben, ich nicke nur. Und trotz allem fängt irgendwo tief in mir etwas an zu funkeln.

Als wir genügend Vorräte gesammelt haben, gehen wir zurück in den Tunnel. Ich nehme mein graues Heft und reiße alle vollgeschriebenen Seiten heraus. Auf die leeren Seiten, die noch übrig sind, kommt Quinns Leben. Aber erst nehme ich die Papiertüte, um Notizen zu machen.

»Erzählt«, sage ich. Ich sitze zwischen Jay und Robbie. »Alles, was ihr noch wisst.«

»Ich habe sie als Erster gesehen.« Jay nimmt einen Bissen von dem Apfel, den wir von einem Mann mit so wenigen Zähnen bekommen haben, dass ich keine Ahnung habe, wie er diesen Apfel jemals selbst hätte essen können. »Sie stieg aus dem Zug, in dieser seltsamen Hose, und schaute sich um.«

»Wie schaute sie? Das muss ich wissen.«

Er denkt nach. »Als könnte sie einen ganzen Apfelkuchen auf einmal aufessen.«

»So schaut niemand!«

»Sie schon.«

Ich schreibe es auf: *Ankunft Bahnhof – ganzer Apfelkuchen.*

»Ich habe sie zum ersten Mal gesehen, als du in Ohnmacht gefallen warst«, sagt Robbie. »Erst hat sie geholfen, dich zu tragen, aber dann ist sie abgehauen. Fast hätte sie dich auf den Bahnsteig knallen lassen! Aber zum Glück hat Jay dich gut festgehalten …«

Ich sage nichts, aber Jay fängt an zu grinsen. »Und da habe ich geschaut, als müsste ich ein ganzes Hinkebein tragen.«

»Du verstehst überhaupt nichts von Vergleichen«, sage ich einsilbig. Ich kaue an meinem Bleistift. »Macht weiter.«

»Als ich sie zum zweiten Mal sah«, sagt Jay, »warst du dabei. Ihr habt ihren Koffer in der stinkenden Höhle vom alten William gesucht und sie hatte sogar Spaß dabei. Da habe ich es kapiert. Man konnte ihr keine Angst einjagen. Sie traute sich alles.«

»Sie hat mir drei verschiedene Kartenspiele beigebracht«, sagt Robbie. »Ihr Vater kann total gut Karten spielen, und als sie klein war, hat er sie manchmal gewinnen lassen. Sie sagte, sie war total stolz, als er das nicht mehr gemacht hat.«

»Sie war streng.« Jay seufzt. »Sie hatte keine Geduld mit Leuten, die herumstümpern.«

Ich nicke. »Die Welt ändert sich nicht, wenn Leute einfach nur herumstümpern.«

»Sie hat dafür gesorgt, dass ich bei euch im Tunnel schlafen durfte«, sagt Robbie. »Sie hat mit mir geredet, als wäre ich wichtig.«

Die Papiertüte liegt auf meinen Knien, die Flammen von zwei Kerzen flackern. Wenn mein Bleistift stumpf wird, spitzt Jay ihn mit seinem Taschenmesser wieder an. Wir trinken gespendeten Tee, wir essen Rosinen, die Leute uns gegeben haben, weil sie wollen, dass ich alles aufschreibe, und zum ersten Mal in meinem Leben sind Worte keine Flucht.

Sie sind, was bleibt.

Schließlich haben Robbie und Jay mir alles erzählt, woran sie sich erinnern. Auf der Papiertüte stehen unendlich viele Stichworte, aber in meinem Kopf gibt es noch viel mehr.

Jetzt muss ich anfangen.

Ich schlage das Heft auf und plötzlich begreife ich, was ich hier tue. Morgen früh, wenn Sebastian Quinns Koffer bei uns abholt, werde ich ihm das Heft geben. Später, in ihrem riesigen kalten Landhaus, werden Quinns Eltern das hier lesen. Die letzten Wochen ihrer Tochter werden sie mit meinen Worten erleben.

Wenn ich schreibe, dass Quinn schaute, als würde sie einen ganzen Apfelkuchen auf einmal essen, dann werden sie ihre Tochter künftig so vor sich sehen. Sie sind steinreich und stammen von Wilhelm dem Eroberer ab, aber ich wähle die Worte für ihre Tochter aus. Bleistift und Papier sind dafür genug.

Ich fange an zu schreiben.

Sie sollen alles wissen. Dass der Gehweg aus Gummi war, wenn Quinn neben mir ging. Dass sie so quicklebendig war, dass ich es manchmal nicht mit ansehen konnte, dass sie dachte, der U-Bahnhof sei ein Hotel, dass es wichtig war, dass es sie gegeben hat.

38

Es ist drei Uhr nachts und ich bin noch lange nicht fertig. Mein Handgelenk tut weh, mein Arm ist verkrampft, meine Finger zittern, sobald ich aufhöre zu schreiben. Also mache ich weiter.

Robbie ist längst eingeschlafen. Ich habe zu Jay gesagt, er soll auch schlafen, er hat heute schließlich eine UXB überlebt und muss doch völlig kaputt sein. Aber er schläft nicht. Er sitzt neben mir, schenkt mir Tee ein und spitzt meinen Bleistift an.

»Wo bist du jetzt?«, fragt er, während er mir ein Stück Brot gibt.

Ich nehme einen großen Bissen. »Da, wo sie mir erzählt, dass sie ihre Eltern vermisst.«

»Lies mal vor.«

»Das ist nicht zum Vorlesen.«

Er klappt sein Taschenmesser zu. Und dann wieder auf. Die Kerzen lassen das Metall glänzen. »Darf ich es trotzdem hören?«

»Damit du dich darüber lustig machen kannst?«

»Klar«, sagt er sofort. Und dann zuckt er die Achseln. »Du hörst immer allen zu. Ich weiß nicht, wie du das machst, aber Leute erzählen dir alles. Jetzt möchte ich dich reden hören.«

Er sieht mich an und der allererste Tag schießt mir durch den Kopf. Als ich in der Schlange vor dem U-Bahnhof stand und er zu mir geschaut hat. Ganz kurz dachte ich, er würde mehr sehen als der Rest.

Ich räuspere mich und fange an, vorzulesen. Zwei Absätze, dann höre ich auf.

Er klappt das Taschenmesser wieder zu. »Und jetzt das über die Nacht im Park.«

Meine Finger fangen an zu kribbeln.

»Darüber schreibe ich nicht«, sage ich, ohne ihn anzuschauen. »Ich schreibe über Quinn. In der Nacht im Park war sie nicht dabei.«

Es ist eine Weile still, und dann sagt er ernst: »Ich habe geschaut, als würde ich einfach so einen ganzen Schinken bekommen.«

»Was?« Ich starre ihn an.

»Du willst doch immer wissen, wie Leute schauen? Na ja, also so. Als du mich geküsst hast, habe ich geschaut, als würde ich einfach so einen ganzen Schinken bekommen.«

Ich schüttele den Kopf. »Du verstehst immer noch nicht, was Vergleiche sind! Wenn du einfach so einen ganzen Schinken bekommst, dann schaust du *froh.*«

»Genau. Das meine ich.«

Er verstummt und der Tunnel füllt sich mit Funken.

Ich räuspere mich. »Haben deine Vergleiche immer mit Essen zu tun?«

Er fängt an zu grinsen. »Denk doch mal nach!« Er zeigt auf das Heft auf meinen Knien. »Diese Geschichte spielt im Krieg. Womit macht man jemanden dann mächtig froh? Na ja, wenn man, ohne anstehen zu müssen, ohne dass es Geld oder Lebensmittelkarten kostet, einfach so einen ganzen Schinken bekommt.«

Er schaut mich immer noch an und plötzlich kommt mir nichts auf der Welt so romantisch vor wie *einfach so ein ganzer Schinken.*

»Ich hinke«, sage ich.

Er runzelt die Stirn. »Das ist aber jetzt kein Vergleich, oder?«

»Das ist eine Tatsache. Und es geht nie mehr weg.«

»Kann man, wenn man hinkt, keinen Schinken essen?«, fragt er ganz ruhig.

»Nun hör schon auf mit diesem Schinken«, rufe ich. Und dann schlucke ich. »Es könnte sein, dass, wenn man hinkt ... andere Leute keinen Schinken mit einem essen wollen.«

»Okay«, sagt er, »jetzt reicht's mir auch. Hör du auf mit diesem Schinken!«

Ich sage nichts mehr. Die Kerze zwischen uns ist erloschen.

»Alle Karten auf den Tisch«, sagt er plötzlich.

»Wie meinst du?«, frage ich erstaunt.

»Ich bin bettelarm. Ich kann dir nichts versprechen. Wenn wir uns jetzt küssen, dann macht das aus mir einen Schuft, und aus dir eine ...«

Es fühlt sich an, als würden brennende Fackeln an Fallschirmen hinabsegeln. Als würden tief in meinem Bauch Flugzeuge dröhnen.

»Egal«, sage ich.

Er schüttelt den Kopf. »Du verstehst es nicht! Du bist vierzehn. Und ich weiß, dass du ein anständiges Mädchen bist. Du willst doch nicht, dass die Leute über dich reden?«

Ganz still sitze ich da im Halbdunkel.

Ich denke an heute Morgen im Zoo, an mein Gespräch mit Sebastian. Ich konnte mir nicht vorstellen, wie es sein muss, wenn andere Menschen bestimmen, was man mit seinem Körper machen darf und was nicht.

Ich habe zu ihm gesagt, dass er kämpfen muss. Und da hat er mich angeschaut und gefragt: *So wie du?*

»Quinn hat nicht so gelebt, wie es immer war«, sage ich. »Sie hat gelebt, wie es sein müsste. Sie hat nicht gewartet, bis der Rest der Welt sich ändert. Sie hat einfach selbst damit angefangen.«

Ich lege meine Finger in seinen Nacken, ziehe sein Gesicht zu mir und küsse ihn.

Dieses Mal höre ich nicht auf. Und dieses Mal küsst er zurück.

Es ist unglaublich. Ich spüre seine Arme um mich, seinen Atem auf meinem Gesicht, seine Zunge in meinem Mund – und trotzdem denke ich nicht: Jetzt muss ich den Rest meines Lebens in Quarantäne.

Wir haben aufgehört zu reden, er macht keine Witze mehr, wir tun etwas, das gleichzeitig völlig ernsthaft und fröhlich ist. Wir lachen, als unsere Nasen zusammenstoßen, wir atmen immer heftiger, ich drücke mich in einem schwindelerregenden Mix aus berühren und berührt werden an ihn, aus wollen und gewollt werden.

Es fühlt sich an wie Hunger. Es fühlt sich an, als würde unser Leben davon abhängen, es fühlt sich unvorstellbar an, dass wir so viel Zeit vergeudet haben, während es unsere Körper all die Wochen schon gegeben hat.

Und dann hören wir auf und schauen uns außer Atem an.

Er studiert jedes Detail meines Gesichts, und ich schlage die Augen nicht nieder. Ich sehe es jetzt. Es ist für ihn wichtig, dass es mich gibt.

39

Die Stimme des Gleiswächters schallt durch den Tunnel: »*All clear!* Bitte verlassen Sie den Bahnhof!«

Ein neuer Tag beginnt.

Robbie setzt sich auf, reibt sich die Augen und schaut zu Jay und mir. Wir haben uns zwischen die Eisenrippen auf der anderen Seite gesetzt. Wir wollten ihn nicht wecken.

»Hat es geklappt?«, fragt mein kleiner Bruder. »Hast du alles aufgeschrieben?«

»Ja«, sage ich, und meine Stimme klingt anders als gestern.

»War denn noch Zeit zum Schlafen?«

»Nein«, sagt Jay ernst. »Es war keine Zeit mehr zum Schlafen.«

Es fühlt sich an, als würden wir uns noch immer berühren. Ich weiß, dass dieses Gefühl vorbeigehen wird, dass er gleich wieder den ganzen Tag lang verschwindet, dass er Geschäfte dreht und mir noch immer nichts versprochen hat.

Aber eines schon: Heute Nacht kommt er zurück in den Tunnel.

»Und?« Robbie zeigt auf das graue Heft. »Wie endet es?«

Jay zieht die Augenbrauen hoch. »Sie stirbt. Hast du das etwa vergessen?«

»Ich meine, mit uns«, sagt Robbie leise.

Ich schlucke. Er ist gerade erst zehn und wollte nicht zu Quinn schauen. Aber sie lag tot auf dem Schulhof und es war unmöglich, sie nicht zu sehen.

Die Bombardements haben gerade erst angefangen, aber die Schulen sind schon über ein Jahr geschlossen. Was soll aus Robbie werden? Wie lange dauert es, bis er vergessen hat, wie man liest?

Wird er am Ende des Kriegs noch immer wegschauen, wenn er einen kaputten Körper sieht?

Ich schaue auf das Heft und denke an heute Nacht. Nicht an die letzten Stunden mit Jay, sondern an den Anfang. Als ich spürte, was passierte, während ich schrieb: Ganz kurz wurde Quinn wieder zum Leben erweckt.

Nichts von dieser Nacht werde ich jemals vergessen.

Mein Leben lang nicht.

Ich wähle die Worte.

»Du«, sage ich zu Robbie, »wirst Zoo-Direktor.« Ich hole tief Luft. »Du fängst als Hilfskraft bei den Affen an. Jahrelang darfst du nur Käfige putzen und Zäune reparieren. Aber dann sehen sie, was du kannst. Und dann wirst du Direktor.«

Robbie nickt ernst. »Das ist gut.« Und dann fängt er an zu grinsen. »Jay endet natürlich im Gefängnis.«

»Ganz bestimmt«, entgegnet Jay sofort. Er schaut zu mir. »Und du fährst nach Amerika und schreibst Bücher.«

Ich halte die Luft an. »Worüber?«

»Eine neue Welt.«

Er lacht mich an, und ich spüre unseren Hunger der vergangenen Nacht wieder.

»Lass mich nur wissen, in welchem Gefängnis du sitzt«, sage ich. »Dann schicke ich dir meine Bücher.«

»Kann ich die dann lesen?«

Ich nicke. »Das habe ich dir den ganzen Krieg über beigebracht.«

Wir sehen uns an, und ich weiß, dass wir beide an Sachen denken, die wenig mit dem Unterschied zwischen einem *b* und einem *d* zu tun haben.

»Und was ist mit Sebastian?«, fragt Robbie. »Nächsten Sommer wird er eingezogen …«

Ich presse die Hände zusammen.

In ein paar Stunden steht er vor unserer Tür, um Quinns Koffer abzuholen. Ich werde ihm das graue Heft geben, und dann geht er weg. Er ist der Sohn eines Grafen. Er ist steinreich, und Quinn ist nicht mehr da. Ich habe keine Ahnung, ob wir ihn jemals wiedersehen.

»Sebastian ist dabei, wenn Europa befreit wird«, sage ich leise. »An dem Tag, an dem der Krieg vorbei ist, rennen überall Leute nach draußen. Sie tanzen auf den Straßen und Sebastian spaziert in seiner Uniform durch die tanzenden Menschen. Und dann verliebt er sich.«

Robbie fängt an zu kichern. »In wen?«

»In einen der tanzenden Menschen. Und dann bleibt er in einem Land oder einer Stadt oder einem Haus ohne Käfige.«

Jay steht auf. »Wir müssen los.«

Ich falte meine karierte Decke zusammen, Jay zieht einen Pullover an, den er beim alten William gefunden hat, Robbie klopft sich den Staub von seinem neuen Jackett.

Gestern hatte er Geburtstag. Quinn ist erst einen Tag tot.

Bevor wir gehen, bleiben wir zu dritt noch ganz kurz an ihrem Platz stehen. Und dann gehen wir.

Während wir langsam zum Bahnsteig laufen, höre ich im Kopf das Lied, das Sebastian vor einer Woche gesungen hat.

We'll meet again,
Don't know where,
Don't know when,
But I know we'll meet again some sunny day…

Schweigend ziehen Hunderte von Menschen ihre Jacken und Schuhe wieder an, sie laden ihre Karren voll und schütteln ihre Decken über den Gleisen aus, obwohl jetzt überall Poster hängen, dass es verboten ist, unter der Erde die Flöhe aus dem Bettzeug zu schütteln.

Wieder ist eine Nacht vorbei. Unser Bahnhof steht noch, wir strömen zu den Rolltreppen. Tausende ganz normale Menschen haben wieder einen kleinen Teil des Kriegs überlebt. Sie gehen die letzten Treppen hinauf nach oben, in dem grauen Morgen steht ein Bus, an dem man Tee und Kaffee und Suppe kaufen kann. Alle haben sich jetzt daran gewöhnt, dass wir hier jede Nacht Schutz suchen.

Ich stehe auf dem Gehweg, auf dem alles anfing, und schaue nach oben. In den obersten Fenstern funkelt die Sonne.

ZUM SCHLUSS

sechs Jahre später

Ich stehe an der Reling und dieses Mal ist es echt. Das riesige Schiff schaukelt seufzend auf den Wellen, der graue Ozean ist unendlich und hinter dem Horizont liegt ein neues Leben.

Ich bin zwanzig.

Ich hinke noch immer, ich bin etwas weniger mager, meine Haare sind noch immer schlammfarben, aber es ist mir egal.

Der Krieg ist vorbei.

Wir haben uns länger unter der Erde versteckt, als wir jemals für möglich gehalten hätten. Über acht Monate lang wurde England bombardiert.

Erst im Mai 1941 hörte der *Blitz* auf. Nicht, weil der Krieg vorbei war, sondern weil Hitler seine Flugzeuge woanders brauchte. Der Krieg tobte weiter, aber für uns in England hörten die Bomben eine Weile auf.

Es war ein kalter, nasser Frühling. Wir kamen nach draußen, schauten uns um und dann erst wurde es uns richtig bewusst: acht Monate und fünf Tage lang hatten wir den Atem angehalten. Über acht Monate schliefen wir keine einzige Nacht in unserem eigenen Bett. Jeden Morgen wieder liefen wir eilig durch die stillen Straßen, um zu schauen, ob unser Haus noch stand.

Wir hatten Weihnachten unter der Erde gefeiert, mit geschmückten Bäumen und Liedern auf den Bahnsteigen. Die Stadt hatte Etagenbetten aufgestellt und chemische Toiletten, die den Wahnsinn beherrschbar machen sollten.

Die ganze Zeit hatten wir blindlings weitergemacht mit Warten und Hoffen, und als es aufhörte, waren Hunderttausende Häuser verwüstet und Zehntausende Menschen tot.

Ich klammere die Hände um die Reling und atme die salzige Luft ein. Nirgends ist Land in Sicht, das Meer tost. Ich bin ein winzig kleines Pünktchen auf dem Ozean.

Wir haben es überstanden.

Nachdem Sebastian mit dem grauen Heft weggegangen war, haben wir sieben Wochen lang nichts gehört. Dann wurde ein bleischweres Paket bei uns abgeliefert. Es war für mich. Auf dem braunen Papier klebte ein Umschlag mit meinem Namen, und in diesem Umschlag steckte eine Karte mit nur drei Worten.

Wir danken dir.

Ich löste die Schnur, riss das Papier auf und in diesem Moment wusste ich, dass Quinns Eltern nicht aus Stein waren. Ich habe sie nie gesehen, sie haben uns später nie besucht. Aber irgendwo tief unten im Schiffsbauch liegt ihr Geschenk sicher in meinem Schrankkoffer: Quinns Wörterbücher. Die Welt in zwölf dunkelblauen Bänden.

Sie haben mir ihre Wörter geschenkt.

Neben mir an der Reling stehen Männer und Frauen mit Babys. Tücher flattern, Kinder lachen. Schweigend schaue ich auf das schäumende Wasser und denke an all die Menschen, die ich zurücklasse.

Und dann spüre ich zwei Hände um meine Taille. Ich schaue

mich nicht um, ich fange nur an zu lächeln. Ich kenne seine Arme besser als meine eigenen, seine Augen, die die Farbe eines Sperrballons haben.

»Kommst du rein?«, fragt Jay.

Er wurde einberufen, als er achtzehn wurde. Er ging, ich blieb zurück. Er hatte nichts versprochen. Drei Jahre dauerte es noch, bis der Krieg vorbei war. Und dann kam er zurück und versprach mir alles. Eine neue Welt. Ein neues Leben.

Also sind wir jetzt auf dem Weg.

Der Seewind füllt meine Lunge, ich spüre Jays Arme um mich, seine Lippen an meinem Ohr.

»Komm, wir gehen in unsere Kabine!«

»Ja«, sage ich, denn ich will wissen, was jetzt kommt.

Und demnächst. Und morgen.

FREUNDSCHAFT UND LÜGEN

Susan Kreller
HANNAS REGEN
Hardcover
208 Seiten
ISBN 978-3-551-58475-5
Auch als E-Book erhältlich

JOSEFIN IST EINE VON DER SORTE *Ich verlass mich auf dich*. Eine, die angerufen wird, wenn sonst keiner Zeit hat. Die nur aus Versehen mitfotografiert wird. Als Hanna neu in ihre Klasse kommt, hofft Josefin, endlich eine Freundin zu finden. Aber Hanna verhält sich seltsam, ganz so, als sei sie schon fast wieder weg. Sie ist still und abweisend, in sich selbst verborgen. Als sich die beiden Mädchen wider Erwarten doch anfreunden, wird Josefin klar, dass mit Hanna etwas nicht stimmt. Ist sie in Gefahr? Muss sie beschützt werden? Und ist Hanna am Ende gar nicht die, für die sie sich ausgibt?

WWW.CARLSEN.DE

CARLSEN